3·1운동 백주년에 다시 읽는

불꽃 같은 서정시

3·1운동 백주년에 다시 읽는
불꽃 같은 서정시

2019년 2월 18일 1판 1쇄 인쇄 / 2019년 2월 28일 1판 1쇄 발행

지은이 송희복 / 펴낸이 민성혜
펴낸곳 글과마음 / 출판등록 2018년 1월 29일 제2018-000039호
주소 (06151) 서울특별시 강남구 테헤란로 313, 215호
전화 02) 567-9730 / 팩스 02) 567-9733
전자우편 writingnmind@naver.com
편집 및 제작 Book공방

ISBN 979-11-964772-2-6 (03800)

이 도서의 국립중앙도서관 출판시도서목록(CIP)은 서지정보유통지원시스템 홈페이지
(http://seoji.nl.go.kr)와 국가자료공동목록시스템(http://www.nl.go.kr/kolisnet)에서
이용하실 수 있습니다. (CIP제어번호: CIP2019003979)

3·1운동 백주년에 다시 읽는

불꽃 같은 서정시

송희복

글과마음

1

좋은 영화는 오래 기억되게 마련이다. 내가 영화 「일 포스티노」를 본 지도 벌써 20년이 넘은 것 같다. 시인 네루다가 극화된 인물로 등장한다. 그는 영화 속에서 망명지인 이탈리아 나폴리에서 피신해 살고 있었다. 그는 평소에 소탈하고 순박한 표정의 한 젊은 우편배달부를 잘 알고 지냈다. 배우지는 못했지만 평소에 시를 사랑하는 마리오는 시의 의미를 자꾸 캐려고 한다. 이런 마리오에게, 네루다가 조언하는 대목이 있다.

여보게, 마리오. 시는 다른 말로 설명될 수 없어. 설명하려 들면, 진부해지기 마련이지. 가슴을 활짝 열고, 시의 고동 소리를 들어야 해.

고동(鼓動) 소리란, 피의 순환을 위해 심장이 운동하는 소리다. 도대체 시의 고동 소리는 어떤 소릴까? 나는 수십 년 간에 걸쳐 시를 읽고, 공부하고, 또 최근의 십 몇 년간은 다섯 권의 시집을 상재하기도 했다. 아직

도 시의 고동 소리가 분명히 들려오지 않는다. 시로부터 들려오는 그 생명의 박동이랄까, 우주 생명의 리듬 말이다.

물론 얼핏 감지되고는 있다.

꽃보다 남자라는 말이 있지 않나? 처녀애들이 봄이 되어서 동성 친구들과 함께 꽃구경을 가는 것보다 좋은 남자를 만나 데이트를 하는 게 실속이 있다. 이처럼 시는 뭐랄까, 꽃보다 남자이듯이, 내 생각에는 뜻보다는 소리여야 한다. 이 책이 간행되고 나면, 난 앞으로 시의 고동 소리를 듣는 데 혼신의 귀를 기울여야 하겠다. 더 이상은 시의 의미를 캐는 일 따위는 삼가야 하겠다.

2

올해는 주지하듯이 3·1운동 백주년이 되는 해이다. 이 책은 3·1운동 백주년을 기념하기 위해 만든 시 해설집이다. 김억의 「봄은 간다」(1918)에서부터 윤동주의 「쉽게 씌어진 시」(1942)에 이르기까지 일제강점기의 24년 동안에 걸쳐 있는 좋은 시를 정선해 해설을 붙였다. 해설은 옛 원고를 다소간 손질하기도 하고, 아예 새로 쓰기도 했다. 이 책에 실린 시를 쓴 시인들 대부분은 직접적이건 간접적이건 간에 3·1운동을 경험했다. 나이가 적어 경험하지 못한 시인들도 경우에 따라서 광주학생운동의 여파와 반(反)신사참배의 시대적 흐름 속에 휩쓸리기도 하였다. 백 년 전의 한국인들이 가지고 있었던 독립 정신, 비폭력의 정신, 평화적인 국제 연대의 정신이 일제강점기의 서정시에서도 의도하거나 의도하지 않거나 간에 불꽃과 같이 활활 타오르고 있었다.

대체로 보아서, 일제강점기의 시인들은 낡지도 닳지도 아니하는 사랑의 감정과, 잃어버린 것에 대한 애틋함과 그리움의 정서를 노래하였다. 또 그들은 나라 잃은 시대의 모국어에 대한 무한한 애착을 보이면서, 우리말이 지닌 시적인 가능성의 폭을 최대한으로 넓히려고 애를 썼다.

나는 이 책에서 해설할 시를 찾기 위해 고심했다. 일부는 독자들에게 잘 알려진 작품들이지만, 또 일부는 그 동안 가치가 발견되지 못한 채 내버려져 있는 것 중에서 내가 비평적인 가치를 스스로 재발견하려고 한 것들이다. 시를 선정하고 보니, 선정된 시는 어떤가? 극소량의 수분과 소금기를 머금은 한 방울의 눈물 속에도 기쁨과 슬픔, 감격과 서러움이라는 엄청난 감정의 세계가 들어앉아 있는 것처럼, 하물며 그 시대를 울렸고 지금도 공명하고 있는 서정시의 주옥과도 같은 명편은 오죽이나 하겠는가 싶다. 또한 시를 선정하고 보니, 시인들도 이전과 같이 보이지 않았다. 종요롭고도 풍요로운 감수성, 결이 고운 우리말의 아름다움, 현실에 대한 결기 어린 삶의 태도 등을 보여준 그때 그 시절의 시인들에게, 나는 옷깃을 여미면서 경의를 표한다.

3

그런데 말이다. 솔직히 말해, 시를 해설하고 보니, 시는 고상하고 우아한 안방마님과도 같은데, 해설은 그 옆자리에 들여놓은, 천박하게 화장한 시앗(첩)과 같은 느낌을 떨칠 수가 없다. 한낱 뒷공론으로 기생하지 않으면 살 궁리를 제 혼자 준비하지 못하는 비평이, 어찌하여 심미적으로 독립하면서 늘 자족하는 창작의 완결된 가치에 비길 수가 있겠는가?

기왕 내친 김에 한마디 더 말하려고 한다. 이 책을 내면서, 내가 독자들에게 양해를 구하려고 하는 사실이 하나 있다. 이 책에 등장하는 시인 가운데 몇몇 분들은 친일 논란으로부터 자유롭지 못하다. 이들의 삶에 친일의 오점이 있지만, 작가보다는 작품을 우선적으로 판단해 선정했다. 오점이란 한갓 얼룩에 지나지 않는다. 우리가 옷에 몇 군데의 얼룩이 스

미어 배여 있다고 해서, 세탁을 할지언정 쉽게 버리지는 않지 않은가? 나 역시 대상 작품을 쉬 버리지 않았다. 삶의 오점보다는 시의 우점(優點)을 먼저 생각해서다. 이제 21세기를 살아가면서, 나는 우리가 친일의 오점을 남긴 분들의 좋은 시 작품도 끌어안아서 진일보해야 한다고 확신한다.

4

이 책은 아내의 발상으로부터 시작했다. 원고를 쉽지 않게 쓰는 과정에서, 또 완성된 원고가 인쇄의 과정으로 넘어가는 과정에서, 조언을 하고, 교정을 보고, 마지막으로는 책의 제목까지 수정해준 아내에게 고마움의 뜻을 전한다.

2019년 1월 9일, 서울 집에서,
지은이 몇 자 적다.

| 차례 |

제5부 _ 몽상, 혹은 환각의 체험

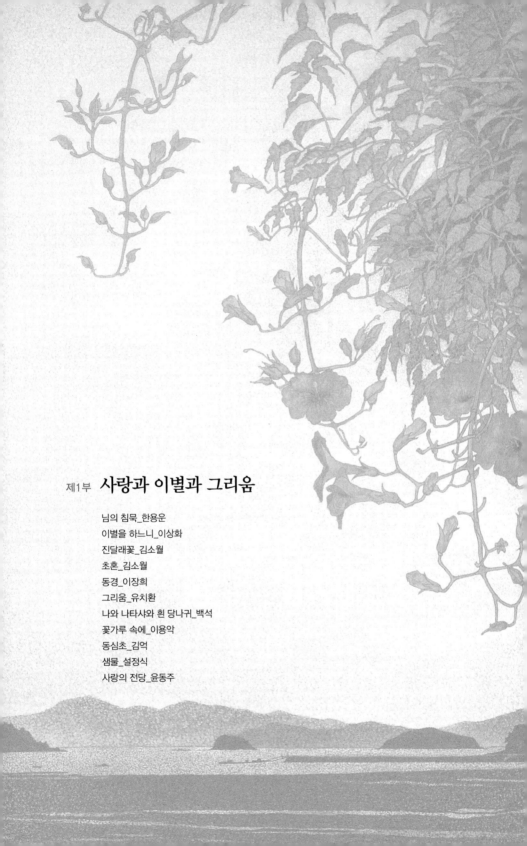

제1부 **사랑과 이별과 그리움**

님의 침묵

한용운

님은 갔습니다. 아아, 사랑하는 나의 님은 갔습니다.

푸른 산 빛을 깨치고 단풍나무 숲을 향하여 난 작은 길을 걸어서, 차마 떨치고 갔습니다.

황금의 꽃 같이 굳고 빛나던 옛 맹세는 차디찬 티끌이 되어서 한숨의 미풍에 날아갔습니다.

날카로운 첫 키스의 추억은 나의 운명의 지침을 돌려놓고, 뒷걸음쳐서 사라졌습니다.

나는 향기로운 님의 말소리에 귀 먹고, 꽃다운 님의 얼굴에 눈 멀었습니다.

사랑도 사람의 일이라, 만날 때에 미리 떠날 것을 염려하고 경계하지 아니한 것은 아니지만, 이별은 뜻밖의 일이 되고, 놀란 가슴은 새로운 슬픔에 터집니다.

그러나 이별은 쓸데없는 눈물의 원천을 만들고 마는 것은 스스로 사랑을 깨치는 것인 줄 아는 까닭에, 걷잡을 수 없는 슬픔의 힘을 옮겨서 새 희망의 정수박이에 들어부었습니다.

우리는 만날 때에 떠날 것을 염려하는 것과 같이, 떠날 때에 다시 만날 것을 믿습니다.

아아, 나의 님은 갔지마는 나는 님을 보내지 아니하였습니다.

제 곡조를 못 이기는 사랑의 노래는 님의 침묵을 휩싸고 돕니다.

제1부_사랑과 이별과 그리움

* 작은 길 : (원)적은 길. 좁은 길을 뜻한다.
* 떨치고 : 세게 흔들어서 떨어지게 하고.
* 정수박이 : 정수리. 정문(頂門). 일종의 숨구멍. 머리 위의 숫구멍이 있는 자리.
* 사랑의 노래 : 사랑의 감정에서 우러나오는 노래이거나, 사랑을 주제로 한 노래를 가리킨다.

　시인 한용운은 한 시대를 대표하는 나라의 지사로서, 3·1운동을 주도
한 분이기도 하지요. 이 때문에 옥중에서 구속의 괴로움을 겪기도 했지
요. 시편 「님의 침묵」은 독립의 좌절로부터 기인한 온갖 감회를 간요하
게 노래한 시 창작의 결과인 동시에, 독립의 좌절로부터 기인한 민족적
슬픔을 초극하려는 결의가 내포된 시 정신의 산물이기도 합니다.

　두루 알다시피, 님은 일반적인 뜻으로서의 연인만을 가리키지는 않습
니다. 그의 말마따나, 그리움의 충동을 일으키는 건 모두 다 님인 것입니
다. 예컨대, 교화와 제도(濟度)의 대상인 중생일 수도 있습니다. 하지만
이름 좋은 자유의 알뜰한 구속을 받는다면, 다시 말해 일제의 허울 좋은
문화정책에 동화된다면, 우중(愚衆)에게 있어서의 님은 실체가 아니라 환
영일 겁니다. 그래서 그는 길을 잃고 헤매는 어린 양, 즉 역사 감각을 상
실한 당대의 우리 민족을 생각하면서 시대의 각성을 촉구했던 것입니
다. 이것의 총화가 저 불멸의 시집 『님의 침묵』이에요.

　시집의 표제 시인 「님의 침묵」은 시집에 실린 모든 시를 대표합니다.
이 시는 님의 침묵을 휩싸고 도는 사랑의 노래입니다. 이 노래는 겉으로
보아서 평이한 듯하지만 속을 꿰뚫어 보면 매우 심오합니다. 이 점에서
는 일종의 명상시라고 할 수 있겠지요. 시의 어조는 버림받은 여인의 애
조를 띤 넋두리 같고, 문체는 사설체 내지 내간체의 근대적 변용으로 생
각됩니다. 즉 연가풍 말투에다 만연체 글투가 엿보입니다.

　이 시의 의미 구조를 간단하게 분석해볼게요.

　제1행은 시상의 제기입니다. 님은 지선지미한 인간상이요, 변하지 않
은, 변하지 않을 가치의 표상입니다. 시인은 이 님의 객관적인 없음을 말
하고 있습니다.

제2행은 제1행의 동어반복입니다. 님은 차마 떨치고 가요. 무엇을? 누구를? 산의 빛 같기도 하지만 '나'가 아닐까, 해요. 이 '차마'는 '참(忍) + 아'의 형태로 말의 됨됨이를 이루었습니다. 이를 두고 '아니-'와 '못-'과 같은 부정어와 서로 호응하지 않는다는 것을 핑계로 삼아 사람들은 시적 허용이니 탈문법이니 말들을 쉽게 합니다만, 사실은 그렇지 않습니다. 고전소설 『구운몽』에 보면, 성진이 육관대사에게 '어찌 차마 내치려 하시나이까?'라고 하소연하는 장면이 있습니다. 이를 미루어볼 때, '차마'는 '결단코'라는 말로 대체될 수 있을 것 같습니다. 또한, 그것이 '함부로'가 아니란 점에서는 '삼가'의 뜻도 내포하고 있는 듯하구요.

제2・3행은 저 『반야심경』에서 '텅빔(空)'을 꿰뚫어보는 철학적인 관점을 연상케 합니다. '푸른 산 빛을 깨치고'라고 시작하는 것부터가 예사롭지 않지요. 뭐랄까요? 청산의 산기(山氣)를 깨뜨린다는 불교적인 깨달음으로 향하는 느낌의 감각이랄까요? 『반야심경』에 보면, 우리나라의 불교 신자라면 매우 익숙한 내용이 있습니다. 그 한역본에 이런 말이 있지요. 사리자, 색불이공, 공불이색, 색즉시공, 공즉시색……. 이 말을 풀이하면 이렇습니다. 사리자여, 색(色)은 공(空)과 다르지 아니하고, 공은 색과 다르지 않으니, 색이 곧 공이요, 공이 곧 색이며……. 한역본은 서술적이라기보다 시적입니다. 설명을 최대한 절제하고 있기 때문에, 경전의 말씀이 매우 함축적으로 녹아있습니다. 뭐가 뭔지 모를 언어로서 남아 있는 한역본은 한 편의 시라고 하겠지요. 반면에 모본(母本)인 산스크리트어본은 산문적으로 설명되어 있습니다. 기존에 번역된 그 부분을 인용하지요.

샤리푸트라여! 물질적 현상에는 실체가 없고, 실체가 없기 때문에 물질적 현상인 것이다. 실체가 없다고 해도 그것은 물질적 현상을 떠나 있지 않다. 물질적 현상은 실체를 떠나서 물질적 현상인 것이 아니다. 물질적 현상에는 모두 실체가 없다. 실체가 없는 것은 모두 물질적 현상이다.

사랑하는 나의 님도, 푸른 산 빛을 가른 숲길도, 황금의 꽃 같은 옛 맹세도 실체를 떠난 물질적 현상이 아니요, 동시에 실체가 없는 모든 물질적 현상인 것입니다. 이 시의 시작부터 반야심경의 공(空) 사상이 잘 스며있군요. 글 꾸밈의 아름다움과 함께 말이죠. 시인의 상상력에 의해 나타난 '황금의 꽃'은 삼천 년에 한 번씩 핀다는 전설의 꽃인 '우담바라'를 염두에 두었는지 모르겠습니다.

제4행의 '날카로운'이란 시어가 매우 날카롭게 느껴지지 않나요? 이것은 '오 위대한 먼 곳이여, 오 당신의 피리의 날카로운 부름이여!'(조용만 옮김)라고 표현된 타고르의 시집 『원정(園丁)』 제5장과도 무관치 않은 듯합니다. 한용운이 이 시집을 읽었기 때문에 영향을 받았겠지요. 기존의 해석에 의하면, 이 '날카로운'은 견성(見性)의 순간, 혹은 지침(가리키는 바늘)과 호응하는 광물적 이미지로 이해될 수 있을 것입니다.

제5행의 표현은 참 곡진하네요. 그래서 추가적인 해설도 더 이상 의미가 없어 보이네요. 다만 뜻을 보충하자면, 진리는 일반의 언어를 초월하기 때문에 들을 수 없고, 또 이는 가시적인 형체를 초월하기 때문에 볼 수도 없다는 거지요.

제6행은 『법화경』의 회자정리(會者定離)를 연상시켜주고 있습니다. 만나면 반드시 헤어진다는 것은 진리입니다. 이별의 슬픔을 노래한 이 대목에서, 이 시의 화자는 왜 슬프냐는 게 이 시의 독자인 청자에게 주어진 과제일 것 같습니다. 왜 슬픈가? 한번 헤어지면 아주 헤어지기 때문이라는 거죠.

제7행은 우리에게 익숙한 처연한 한(恨)의 정조로부터 매우 드라마틱한 반전과 역전을 보여주는 것 같네요. 이런 점에서 토착적 정서로부터의 경이로운 기적마저 보여줍니다. 근데, '새 희망의 정수박이'라는 비유적인 말의 됨됨이를 보세요. 새로 유입된 근대어 '희망'과, 더 이상 쓰임새가 없는 토박이말 '정수박이'가 좀 생뚱맞게 결합되어 있네요. 좋은 의미에서 보면, 그 당시로선 다문화적입니다. 기층적인 정서인 한의 극복도 마찬가지이구요.

제8행은 존재와 무(無), 있음과 없음, 만남과 떠남을 성찰하는 대목입니다. 헤어져도 아주 헤어지는 게 아니라는 자각의 반전이 이 시에서 매우 중요한 포인트가 되는군요. 존재와 부재, 있음과 없음, 만남과 헤어짐, 아주 헤어짐과 다시 만남은 절대적으로 분리되어 있는 게 아닙니다. 이 상반된 개념들은 떼려야 뗄 수 없는 불가분의 관계를 맺고 있습니다.

제9행은 빛나는 역설의 언어예요. 여기에서 드러난 객관적 상황과 주관적 의지간의 긴장된 역설은 불교의 진리인 '진공묘유(眞空妙有)'와 관련이 있다고 보입니다. 세상에 존재하는 모든 것은 빈 것 같지만 묘하게 있고, 있는 것 같아도 참으로 빈 것. 세상에는 변하지 않는 실체가 없습니다. 시인 자신이 1925년에 주해(註解)하기도 했던 『십현담』 원문에 '여공부시공(如空不是空)'이란 말이 있습니다. 빈 것 같지만 빈 게 아니다. 우리가 일상 대화에서도 흔히 쓰는 구문입니다. 야구 경기에서 가령 7대 0으로 이기다가 8대 7로 역전패 하는 경우가 더러 있습니다. 이때 하는 말. 끝나도 끝난 게 아니다. 바둑에서 대마가 사지(死地)에 몰리다가 겨우 살아남습니다. 이때 하는 말. 살아도 산 게 아니다. 세상의 일은 알 수 없습니다. 마치 '여공부시공'과 같습니다. 님은 떠나도 떠난 게 아닙니다. 시적 화자가 결단코 떠나보내지 아니하였기 때문이죠. 저는 이 심원한 진공묘유의 경지를 가리켜 불교 존재론의 상대성 원리라고 말하고 싶습니다.

마지막 행인 제10행에서, 시인은 종교적 헌신의 경지를 열어놓습니다. 헤어지면서도 만남을 기약하는 것은, 즉 님의 침묵을 휩싸고 도는 사랑의 노래란 것은, 아까도 비슷이 말했지만, 절망에서 희망으로, 슬픔에서 기쁨으로, 세속에서 탈속으로 바꾸어놓는 한국 정서의 경이로운 기적을 보여주는 언어의 기표입니다. 이 노래는 제 곡조를 이기지 못하지요. 노래 스스로가 도취되어 있기 때문이에요. 휘감다, 휘두르다, 휘둘리다, 등의 낱말에서 보는 '휘'가 원(圓)을 뜻한다는 사실임을 염두에 두면, 여기에서 나타난 '휩싸고 돈다.'라는 표현 역시 원융무애(圓融无涯)라고 하는 불교적인 만다라 체험과 무관하지 않습니다. 시인이 도달한 마지막 경지는 일종의 환각 체험, 종교적인 법열(法悅), 서정적 융합의 상태입니다.

요컨대 한용운은 궁핍한 시대의 시인이요, 시편 「님의 침묵」은 결여된 시대의 집단적 그리움을 노래한 것입니다. 이 '님의 침묵'은 사상가 하이데거가 시인 횔덜린을 두고 한 말, 다름 아니라 '성스러운 존재의 말 없는 소리'로 비유되는 게 아닌가, 해요.

이상으로 볼 때, 이 시는 복잡하게 얽혀 있는 언어의 그물망을 형성하고 있습니다. 말 하나의 선택에도 문장의 구조적인 특성에도 텍스트 상호관련성을 맺고 있군요. 마지막으로 얘기 하나 곁들이자면, 이 10행시는 10구체 향가와 형식적으로 매우 유사합니다. 제9행 첫머리의 '아아'라고 하는 감탄사가 10구체 향가의 표현 관례인 낙구(落句)의 변용이라고 하겠네요.

이별을 하느니

이상화

어쩌면 너와 나 떠나야겠으며, 아무래도 우리는 나누어져야겠느냐?

남 몰래 사랑하는 우리 사이에 우리 몰래 이별이 올 줄은 몰랐어라.

꼭두로 오르는 정열에 가슴과 입술이 떨어 말보담 숨결조차 못 쉬노라.

오늘밤 우리 들의 목숨이 꿈결 같이 보일 애타는 네 맘속을 내 어이 모르랴.

애인아, 하늘을 보아라. 하늘이 가라졌고 땅을 보아라. 땅이 꺼졌도다.

애인아, 내 몸이 어제 같이 보이고, 네 모두 아직 살아서 내 곁에 앉았느냐?

어쩌면 너와 나 떠나야겠으며, 아무래도 우리는 나누어져야겠느냐?

우리 들이 나누어져 생각하고 사느니 차라리 바라보며 우는 별이나 되자!

사랑은 흘러가는 마음 위에서 웃고 있는 가벼야운 갈대꽃인가.
때가 오면 꽃송이는 굵어지며 때가 가면 떨어졌다 썩고 마는가.

남의 기림에서만 믿음을 얻고 남의 미움에서는 외로움만 받을 너였더냐.
행복을 찾아선 비웃음도 모르는 인간이면서 이 고행을 싫어할 나였더냐.

애인아. 물에다 물 탄 듯 서로의 사이에 경계가 없던 우리 마음 위로
애인아. 검은 거름애가 오르락내리락 소리도 없이 얼른거리도다.

남몰래 사랑하는 우리 사이에 우리 몰래 이별이 올 줄은 몰랐어라.
우리 둘이 나누어져 사람이 되느니 차라리 피 울음 우는 두견이나 되자!

오려무나. 더 가까이 내 가슴을 안아라. 두 마음 한 가닥으로 얼어 보고 싶다.
자그마한 부끄럼과 서로 아는 미쁨 사이로 눈감고 오는 방임을 맞이하자.

아, 주름 잡힌 네 얼굴—이별이 주는 애통이냐. 이별은 쫓고 내게로 오너라.
상아의 십자가 같은 네 허리만 더위잡는 내 팔 안으로 달려만 오너라.

애인아 손을 다오. 어둠 속에도 보이는 남색의 손을 내 손에 쥐어 다오.

애인아 말 해다오. 벙어리 입이 말하는 침묵의 말을 내 눈에 일러다오.

어쩌면 너와 나 떠나야겠으며, 아무래도 우리는 나누어져야겠느냐?
우리 둘이 나누어져 미치고 마느니 차라리 바다에 빠져 두 마리 인어로나 되어서 살자!

* 나누어져야겠느냐 : 헤어져야 하겠느냐.
* 꼭두 : 정수리나 꼭대기, 혹은 꼭두머리. '꼭두로'는 '맨 위로'의 뜻이다.
* 보담 : '보다'의 방언형.
* 가라쳤고 : 국어학자 이상규는 '가라앉고'의 대구 방언이라고 한다.
* 가벼야운 : (원)가비야운. 가벼운.
* 곯아지며 : (원)고라지며. 본래는 '속이 물크러져 상하다'의 뜻이지만, 앞의 꽃송이를 염두에
  둘 때 '시들다'의 의미로 이해하는 것이 좋을 듯하다.
* 기림 : 그리움.
* 거름애 : 그림자. 중세국어 '그르메'(두시언해)의 분화형. 대구 방언의 '거렁지'도 마찬가지다.
* 미쁨 : 믿음직하게 여기는 마음.
* 얼어보고 싶다 : ①어우르고 싶다. ②성적으로 교합(交合)하고 싶다.
* 방임(放任) : 제멋대로 내버려 둠.
* 상아(象牙) : 코끼리의 엄니.
* 더위잡는 : 의지가 될 수 있는 든든한 기둥을 잡듯이 끌어 잡는.
* 납색(蠟色) : 광택이 있고 미끄러운 질감이 있는 종이의 바탕색.
* 마리 : (원)머리. 머리와 마리는 분화되기 이전의 동계 어원이다.

시인 이상화는 연인과의 만남과 성적 몽상의 체험이 깃들어져 있는 「나의 침실로」(1923)를 발표하고, 또 연인과의 헤어짐을 감미롭고도 애 절하게 노래한 「이별을 하느니」(1925)를 거듭 발표합니다. 이 두 편의 시 는 이상화의 낭만주의적인 사랑을 완성한 주옥같은 시입니다.

환상적인 관능의 사랑을 소재로 한 「나의 침실로」에서, 화자의 침실은 불륜의 섹스가 행해지는 현장입니다. 이 시에서 보여준 '사람이 안고 뒹 구는 목숨의 꿈'이라는 성몽 체험은 삶을 노래한 것으로 볼 수가 있어 요. 이 시에서 연인은 '마돈나'로 불립니다. 세속의 사랑을 미화하고 신 성화한 이 특유의 연인상은, 이상화가 프랑스 상징주의 시인인 보들레 르가 쓴 「마돈나에게」로부터, 시적인 영감과 발상을 가져 왔으리라고 보 입니다. 보들레르가 이룰 수 없는 중세풍의 낭만적 사랑을 답습하였다 면, 이상화는 이 보들레르를 답습하였겠지요.

한편, 헤어짐의 정한을 노래한 「이별을 하느니」는 제3연에서 잘 구현 되어 있듯이 죽음의 헤어짐을 소재로 삼은 것이지요. 이제 그 연인은 더 이상 마돈나가 아닙니다. 연인을 '애인'이라고 부르지요. 마돈나의 호칭 은 본디 종교적이지요. 이런 분위기가 감도는 성역(聖域)에서 비밀스런 침실의 공간에서 꿈속을 헤매면서 섹스에의 열락을 탐닉하다가, 인간의 세속적인 차원인 애인으로 끌어내린 것이라고나 하겠죠.

물론 이상화의 낭만적인 사랑의 시들은 문학적인 허구와 상상력의 소 산입니다.

그럼에도 불구하고 전기적인 경험과 관련시킨다면, 이상화의 첫사랑 인 손필연과의 관계를 간과할 수 없겠지요. 그녀는 김해 출신의 여인으 로서 서울에서 고등여학교를 졸업한 신여성이었죠. 두 사람은 1919년 서울에서 동갑의 연인으로 첫눈에 반한 관계가 되었지만, 백부의 엄명으로 사랑에 실패합니다. 공주의 서씨 규수와 혼인을 하지 않으면 안 되었던 이상화는 혼인 이후엔 남 몰래 하는 사랑, 즉 불륜의 사랑에 빠집니다. 들리는 말에 의하면, 이들의 자유연애는 죽음의 이별이란 대가를 지불하고 막을 내렸다고 해요. 불꽃처럼 타올랐던 사랑은 한 사람이 죽음을 택하면서 꺼졌답니다. 이 시에서 죽음을 한마디로 집약한 시어는 '검은 거름애(그림자)'가 아닐까요.

이 시는 제 생각으로는, 시인 이상화가 죽은 애인을 애도하기 위해 쓴 추모시가 아닌가 합니다. 일종의 제문이라고 하겠지요. 조선시대의 제문은 다만 한문으로 쓰되, 산문적인 내용과 운문적인 형식을 동시에 갖춘 경우가 적지 않았습니다. 이런 표현의 관례가 「이별을 하느니」처럼 한글 근대시 속에 투영되었다는 거죠.

진달래꽃

김소월

나 보기가 역겨워
가실 때에는
말없이 고이 보내드리우리다.

연변에 약산
진달래꽃
아름 따다 가실 길에 뿌리우리다.

가시는 걸음걸음
놓인 그 꽃을
사뿐히 즈려밟고 가시옵소서.

나 보기가 역겨워
가실 때에는
죽어도 아니 눈물 흘리우리다.

* 아름 따다 : 두 팔로 한 아름을 따서. '아름'은 두 팔로 벌려서 안을 수 있는 부피를 뜻한다.
* 즈려밟고 : 살짝 밟고, 지레 밟고, 지그시 밟고, 짓밟고 등, 여러 가지로 해석될 수 있는 시어이다.

뚝배기보다 장맛이다. 우리 속담에 이런 말이 있죠? 형식보다 내용이 더 중요하다는 말입니다. 한 청소년 이성 커플이 있었어요. 여자애는 전교에서 성적이 1, 2등을 다투었지만, 남자애는 성적이 바닥을 치고 있었죠. 한 어른이 이 여자애에게 물었지요. 너 왜 그런 애와 사귀느냐고 말예요. 그 여자애의 대답이 이래요. 성적이 좋은 애보다 성격이 좋은 애가 더 좋다구요. 성적보다 성격이다. 마치 뚝배기보다 장맛이라는 말처럼 들리네요. 우리 조상들이 늘 그랬죠. 사람은 얼굴은 좀 못 생겨도 마음씨가 좋으면 그만이라구요. 이것도 바로 뚝배기보다 장맛이란 거예요.

『개벽』 25호(1922. 7)에 발표되었다가 시집에 수록할 때 일부 개작된 김소월의 시편인 「진달래꽃(진달내꽃)」은 소박데기 여인의 넋두리(하소연)를 극화한, 우리의 주옥같은 서정시예요. 소박데기가 무엇이냐구요? 요즘은 이런 게 안 통하는 시대이기에, 안 쓰는 말이죠. 소박은 토박이말 같지만 한자어에서 온 말이에요. 소외와 박대라는 말이지요. 접미사 '데기'는 일반적으로 여자에게 붙여 말의 됨됨이를 만듭니다. 예컨대, 이 소박데기라는 말은 물론이요, 부엌에서 일만 하는 여자의 '부엌데기', 새침한 성격을 가진 여자라는 뜻의 '새침데기', 부모로부터 버림받은 설화의 여주인공을 가리키는 '바리데기' 등이 있지요.

이 시의 서정적 여주인공인 소박데기는 상대방이 역겨울 정도로 얼굴은 좀 못생겼나 봅니다. 하지만 얼굴이 좀 못생겨도 마음씨만은 여간내기가 아니라는 거예요. 뚝배기보다 장맛으로 빗대어지는 여자랍니다.

문학은 내용과 형식으로 이루어집니다. 특히 시는 뜻과 소리의 호응이 무엇보다 중요하지요. 시편 「진달래꽃」의 값어치는 뜻의 측면과 소리의 측면에서 나누어 생각해 볼 수가 있겠지요.

먼저 살펴볼 것은 뜻의 측면에서 본 「진달래꽃」입니다.

뚝배기보다 장맛인 그 소박데기 여인은 유교적인 가치의 기준에서 볼 때, 그저 그만도 아니요, 이만저만도 아닌, 참고 견디는 데 여간내기가 아니랍니다. 일반적으로는 이 시를 두고 한국 전통 여인의 내면적인 아름다움을 이야기하지요. 하지만 아무리 장이 먹을거리로서 오래 유지되어도 유효 기간이 있습니다. 장맛도 오래 지나게 되면 변질이 옵니다. 아닌 게 아니라, 「진달래꽃」의 내용은 오늘날 젠더 감수성에 맞지 않는 내용입니다. 이제 남자가 '갑질'하는 시대는 지나갔잖아요? 매양 참는 게 한국 여인의 아름다움이라구요? 춘향이도 헤어지자는 이도령에게 행패를 부렸잖아요.

이별하는 님에게 꽃을 뿌린다는 것은 아무래도 지나친 일입니다. 과장된 제스처요, 과도한 겸양이요, 과잉의 인고(忍苦)랍니다. 그 동안 꽃을 뿌리는 행위도 비평적으로 미화되어온 감이 없지 않아요.

꽃 뿌림의 행위는 우선 불전에 꽃을 흩뿌려 부처를 공양하는 의식인 산화공덕을 연상하게 해요. 그것은 대상을 축복, 찬미하는 행위이며, 이 시에서는 그것이 떠나는 님을 증오하거나 저주하지 않겠다는 의미로 변용되기도 했었지요. 그리고 이 시는 민중적 내지 민족적 정한, 유교적인 인륜과 도리에 입각한 휴머니즘, 절망의 현실을 초극하는 절제된 정서 등과 관련하여 이해되기도 했습니다. 북한에서조차 인민성과 인도주의적 감격, 생활 긍정의 의욕 등이 내포된 시로 이해해 왔어요. 아무리 유교, 유교라고 해도 날 버리고 가는 님에게 꽃을 뿌린다는 건 이른바 '과공비례(過恭非禮 : 지나친 공손은 예의가 아니라는 뜻)'가 아닐까요?

뜻 새김에 관해서는 지나칠 수 없는 게 있네요.

문제의 '즈려밟고'는 우리 시의 연구사에서 가장 모호하고도 난해한, 그래서 쟁점이 될 소지가 있는 시어예요.

이 단어의 앞에 나오는 '사뿐히'와 관련을 짓는다면, 국어학자 이희승이 말한 '재겨디디다'(국어대사전 : 1995)가 맞을 것 같아요. 말하자면, 발끝이나 발뒤꿈치만으로 땅을 디디다, 라는 뜻이에요. 비평가 이숭원도 이에 기대어, 아름다운 꽃길을 마치 구름을 밟고 가듯 우아하고 사뿐하게 밟고 가라는 뜻으로 새겼어요. 또 '사뿐히'와는 무관하지만 이와 논리적인 충돌을 피하고 있는 '지레(미리) 밟고'도 하나의 가능성이 있어요. 한 옛말 사전을 보면, '지레 죽다'를 뜻하는 '즈려죽다'(보정고어사전 : 1977)도 표제어로 당당하게 올려 있어요.

이제부터는 '사뿐히'와 논리적인 충돌을 일으키는 경우입니다. 이른바 모순형용(oxymoron)을 내포하는 것이지요. 시인이자 영문학자인 김종길은 '즈려밟고'가 김소월의 고향 말인 정주 지역어라면서 '힘주어 지그시'를 뜻한다고 말합니다. 따라서 '즈려밟고 가시옵소서'는 힘주어 지그시 밟는 무거운 걸음걸이로 걸어가라는 뜻이랍니다. 앞서 본 이숭원의 해석과는 전혀 다릅니다. 한편 정주 지역어의 상위 개념인 평북 방언 가운데 '짓눌러 디디다'를 가리키는 '지리디디다'(평북방언사전 : 1981)도 있습니다. 이 낱말이 '즈려밟고'와 무슨 관련성이 있을 것도 같습니다. 그렇다면 '즈려밟다'는 '짓밟다'가 아닐까, 해요.

저는 김소월 외에는 용례가 없는 시어인 이 '즈려밟다'를 두고, 가장 의미의 강도가 높은 '짓밟다'로 보는 소견을 가지고 있어요. 윤동주는 자신의 습작 원고지인 「산림」에서 애초에 '짓밟다'로 표기했다가 '질밟다'로 수정한 흔적을 남겼어요. 이 '질밟다'가 다름 아니라 「진달래꽃」의 '즈려밟다'입니다. 윤동주의 습작 원고지를 통해 '즈려밟다'가 '짓밟다'인 사실을 소급적으로 확인할 수 있다는 겁니다.

김소월이 무언가를 밟는다는 것의 시상은 자신의 스승인 김억이 W. B 예이츠의 시편 「그는 하늘의 융단을 원하다」를 번역한 「꿈」(1918)을 통해 얻었으리라고 여겨집니다. 시인 예이츠가 사랑을 이루지 못한 필생의 연인인 모드 곤에게 금빛 은빛으로 수놓인 하늘의 융단 위에 꿈을 폈으니, 사뿐히 밟고 오라고 애처롭게 호소한 노래입니다. 모드 곤은 예이츠에게 친구 이상을 허락하지 않았지요. 아일랜드 독립의 여성 투사이기도 한 그녀는 예이츠에게 있어서 마음의 연인이었습니다. 김소월이 모드 곤의 존재를 알았더라면, 예이츠의 시에 감명되어 감정의 동화라도 이루어졌다면, 어땠을까요? 김소월에게 있어서 그녀야말로 한용운의 '님'처럼, 변영로의 '논개'처럼, 이상화의 '마돈나'처럼 잃어버린 조선의 마음이기라도 했을까요? 제 생각이 너무 건너뛰었나요. 어쨌든 예이츠가 쓴 그 명시의 일부를 읽어봅시다.

I have spread my dreams under your feet ;
Tread softly because you tread on my dreams.

시편 「진달래꽃」은 다양한 뜻을 머금고 있습니다. 전문적인 의미의 분석에 관해서라면 '-우리다'의 '우'와, '아름 따다'의 '아름', '아니 눈물'의 '아니'에서 보여준 현저하게도 문법적인 탈선(deviation)의 시어에서도 많은 얘깃거리의 여지를 남깁니다. 하지만, 여기에서는 이에 관해 더 이상 언급하지 않겠습니다.

문제는 뜻이 아니라, 소리입니다.

왜 김소월의 「진달래꽃」이 우리의 소중한 명시로 남아 있을까요? 뜻새김의 철 지난 장맛에 있지 아니하고, 뚝배기 속에서 미묘하게 울리는 소리가 들려주는 특유한 장맛에 있습니다.

저도 중국에 가서 여산폭포를 바라보았지만 '나는 듯이 곧게 흘러내리는 물이 삼천 자나 되고, 마치 하늘에서 은하수가 쏟아져 내린 게 아닌가(飛流直下三千尺, 疑是銀河落九天).'라고 표현한 이백의 시적인 경지는 좀 과장된 게 아닌가 하고 생각을 해보았어요. 시인 정현종은 중국인들이 천하의 명시로 자부하는 「여산폭포를 바라보며」를 우리말로 옮기면 별 것이 아니라고 생각했대요. 그는 이 시가 왜 중국 최고의 명시인가, 하고 의아스럽게 생각했어요. 그래서 중국의 시를 전문적으로 번역하는 사람에게 물어 보았다고 해요. 여기에서, 그는 하나의 깨달음을 얻습니다.

이백을 비롯한 중국 명시는 왜 명시인가. 그때 번역하는 이가 바로 '소리' 때문이라고 했다. 운율법이 엄격한 중국 시는 소리 내어 읽으면 도저히 번역해낼 수 없는 아름다움이 배어 있다는 것이다. 그렇다. 이러한 답변은 내 가슴을 '사뿐히 즈려밟고' 가는 것이다. 김소월이나 백석을 어찌 한자나 영어로 번역할 수 있을 것인가. (신동아, 2008. 8, 참고.)

모든 나라의 시들도 번역을 하면, 두말할 나위도 없이 그 나랏말 특유의 소리나 울림이 사라지겠죠. 시를 번역할 수 없는 까닭이 여기에 있지요. 김소월의 시도 외국어로 번역하면 그 소리나 울림에 깃든 말의 묘한 그늘은 없어집니다. 시편 「진달래꽃」에서 가장 우리말다운 질감을 느낄 수 있는 부분은 제3연입니다. 자, 가시는 걸음걸음……놓인 그 꽃을…… 사뿐히 즈려밟고 가시옵소서. 얼마나 기가 막히는 우리말의 울림이요, 그늘입니까? 이 부분의 번역이 도대체 가능할까요? 기왕 옮겨진 영어와 일본어를 살펴볼까요?

Tread gently
On my azaleas
Where the path is decked.

—김동성 옮김

おいでになるひとあしひとあし
置かれたその花を
そおっと踏みつけてお行きください

여기에서, 영어든 일본어든 물론 훌륭한 옮김의 본보기를 보여주고 있습니다만, 뭔가 모르게 아쉬운 점도 없지 않습니다. 영어로 옮긴 것은 운율적이긴 하지만 원시(原詩)의 느낌을 적잖이 생략, 해체해버린 감이 있어요. 반대로, 일본어 번역은 본디 텍스트의 함축성을 살리지 못하고, 산문처럼 다만 시상을 설명한 감이 남아 있는 듯합니다.

최근에 제가 신문 칼럼을 통해 읽은 내용입니다.

한 국제학교에서 한국어를 제2외국어로 배우는 파리 중학생들과, 프랑스어로 한국어를 가르치는 한국인 여교사에 관한 얘기입니다. 이 여교사는 학생들에게 김소월의 시 「진달래꽃」을 외우게 했답니다. 프랑스 애들은 암기라면 딱 질색을 표하지만 시 외우기에 있어서만은 매우 익숙해 하더랍니다. 어릴 때부터 훈련이 되어 있기 때문이지요. 그래선지 '나보기가 요기요……'라고 하는 부정확한 소리를 내면서도 그걸 다 같이 잘도 외우더랍니다.

프랑스에서는 이처럼 시를 외운다는 사실이 단순한 암기를 가리키는 말이 아니라는 거예요. 이른바 '메모리자송(memorisation)'이 아니라 '심장(心腸)으로부터 배우다.' 혹은 '심정(心情)으로써 배우다.'라는 것. 즉, 말하자면 '아프헝드흐 파 쾨흐(apprendre par coeur)'라고 하는 거예요. 우리에게도 무언가 여지와 여운을 남기게 하는 표현이네요.

그러면, 우리 모두 역시 누구나 할 것 없이 「진달래꽃」을 벅차게 고양된 마음으로 어디 한번 외워봅시다.

김소월은 우리 겨레의 감수성이 일궈 놓았던 문학적 풍속의 텃밭에서 그의 시적 영감과 생래적 재능을 점화시켰습니다. 평이하고 결곡한 모국어의 아름다움, 섬세하고 부드러운 여성적인 서정의 아름다움, 사랑과 이별과 그리움으로부터 옥죄어 온 인간 고통을 유리알처럼 선명하게 보여준 그 수사적 아름다움……. 그는 자신이 남긴 불멸의 서정시에 이러한 아름다움을 남겨 놓음으로써 우리 시문학사의 빛나는 금자탑을 세웠습니다. 순박하고 정갈스러운 그의 시심이 한국 근대시의 원천이요, 그 현장을 이해하는 입문의 열쇠라 해도, 결코 빈말이나 헛말이 아닐 터입니다.

시편 「진달래꽃」를 통해, 우리는 한이니 슬픔이니 하는 음습한 정서의 여분을 되새김할 것이 아니라, 마치 속삭이는 것 같은 우리 말소리의 결과 마디를 한껏 느끼면서 쓰다듬어본다면 얼마나 좋을까요.

초혼

김소월

산산이 부서진 이름이여
허공중에 헤어진 이름이여
불러도 주인 없는 이름이여
부르다가 내가 죽을 이름이여

심중에 남아있는 말 한마디는
끝끝내 마자하지 못하였구나.
사랑하던 그 사람이여
사랑하던 그 사람이여

붉은 해는 서산마루에 걸리었다.
사슴이의 무리도 슬피 운다.
떨어져 나가 앉은 산 위에서
나는 그대의 이름을 부르노라.

설움에 겹도록 부르노라.
설움에 겹도록 부르노라.
부르는 소리는 비껴가지만
하늘과 땅 사이가 너무 넓구나.

선 채로 이 자리에 돌이 되어도
부르다가 내가 죽을 이름이여
사랑하던 그 사람이여
사랑하던 그 사람이여

* 비껴가지만 : 비스듬히 지나가지만.

이 시의 모티프는 역시 님의 상실에 있습니다. 시인 김소월에게 있어서 님이란, 현실에 그 모습을 드러내지 않고 다만 '꿈으로 오는 한 사람'이며, 때로는 어두운 망각의 저편에 파묻힌 '무척 그리다가 잊었던 당신'이며, 혹은 이 시처럼 이미 망자가 되어 허공에 궤멸된 이름이에요.

선 채로 이 자리에 돌이 되어도……라는 표현을 염두에 둘 때, 망부석 설화를 연상케 하는군요. 초혼이 뭘까요? 망자의 넋을 달래는 일종의 의식이에요. 다시 되돌아올 수 없는 이승으로 넋이나마 다시 돌아오라고 부르는 게 초혼이에요. 이 초혼이 하나의 노래 형식으로 문학사에 이름을 남긴 원형적인 사례는 고대 중국인 초나라에서 창작된 「초사구가(楚辭九歌)」입니다.

김소월이 이 고대 중국의 노래에 영향을 받았는지의 여부는 알 수 없지만 민속이나 무속의 초혼제는 알았던 것 같아요. 남자 무당인 박수의 목소리처럼 웅혼한 말의 느낌도 살아있지만 말예요, 그리움에 절절하게 사무친 청상(靑孀)이 무녀(巫女)의 탈을 쓰고 무가 형식에 따라 넋두리하는 양 진혼가의 어조로 이루어져 있음도 간과할 수 없군요.

이 시를 서구 분석심리학의 관점에서 볼 때, 나와 너의 관계는 아니마와 아니무스, 신과 무녀의 원형적 연인 관계로 볼 수 있으며, 화자의 상대적 타자는 단순히 이승과 저승 사이에 떠도는 가엾은 존재가 아니라, 상당히 강렬한 종교적 신성성과 열정을 함축한 것으로도 파악됩니다. 화자가 부르는 '그대'는 단순한 애인의 의미를 넘어선 격조 있는 '마음의 상(像)'이에요.

그러나 이 시를 사회역사적인 관점에서 살펴보면, 서정적인 자아가 감내해야 할 이 치명적인 상실감은 님이 상실된 세계에서 온 충격에 대한 심리적 반응의 결과인 것입니다. 비록 김소월의 시가 버림받은 여인의 탄식이요 궁상스러운 청상의 넋두리이며 숱한 좌절감이 점철된 포한의 기록이라고 해도, 한 시대의 가장 중요한 가치를 상실했다는 사실과 밀접히 서로 관계가 있다는 것입니다. 만약 측량할 수 없이 저 아득한 그리움의 세계가 극히 개인적인 사연에 머문다면, 님이란 이름이 주는 마음속 뜻의 긴장감은 이미 당대에 해체되고 말았을 터입니다.

한편, 그것이 초개인적 욕구의 소산이라면, 김소월의 님은 한결 보편적인 공감대를 형성한 뜨거운 상징의 기표일 것이며, 또한 독자들은 이 시의 전율스러운 애정의 극치를 통해 보다 격정적인 아름다움을 느낄 수 있으리라고 봅니다.

동경

이장희

여린 안개 속에 녹아든
쓸쓸하고 낡은 저녁이
어디선지 물같이 기어와서
회색의 꿈 노래를 아뢰며
갈대 같이 가냘픈 팔로
끝없이 나의 몸을 둘러주도다.

야릇도 하여라
나의 가슴 속 깊이도 갈앉아
가늘게 고달픈 숨을 쉬고 있던
햴푸른 옛 생각은
다시금 꾸물거리며 느껴 울다.
아, 이러할 때
무덤같이 잠잠한 모래 두던 위에
무릎을 껴안고 시름없이 앉은
이 나의 거친 머리찰은
나뭇잎을 스치는 바람결에
갈갈이 나부끼어라.

반원을 커다랗게 그리는
동녘 하늘 끝에
조그만 샛별이 떠 있어
성자 같이 늘어선 숲 너머로
언제 보아도 혼자일러라.
선잠에서 눈 뜬 샛별은
싸늘한 나의 뺨 같이 떨며
은빛 진 미소를 보내나니.

외떨어진 샛별이여,
내리 봄은 어디런가,
남빛에 흔들리는 바다런가,
바다이면 아마도 섬이 있고
섬이면은 고운 꽃 피는 수국(水國)이리라.
오, 잊을 수 없는 머나먼 동경이여.

흐르는 구름에 실려서라도
나는 가련다. 가지 않고 어이 하리,
얄밉게도 지금은
수국의 꽃 숲으로 돌아가 버린
그러나 그리운 옛 님을 뵈올까 하여.

그러면 님이여,
혹시 그대의 문을 두드리거든
젊어서 시들은 나의 혼을
끝없는 안식에 먹 감게 하소서.

아, 저 두던에 울리도다.
마리아의 은은한 쇠북소리,
저녁은 갈수록 한숨지어라.

시인 이장희는 대구 지역의 부호의 아들로 태어나 유년기에 어머니를 여의고 일본에서 5년(1913~1918)을 체류한 뒤 귀국해 시인이 되었어요. 교토중학교를 재학하다가 중퇴했다고 하나, 정확하지는 않아요. 성격이 매우 내성적이고 자폐적이어서 교우 관계의 폭이 넓지 않았대요. 그가 자주 쓰는 단어는 '속물'이었죠. 그는 세상사람 대부분을 속물로 보았어요. 그에게 가장 대표적인 속물은 친일파인 자신의 아버지였어요. 가장 가까운 글벗인 무애 양주동은 「낙월(落月) 애상(哀想)」이란 글에서 요절한 이장희를 이렇게 회상한 바 있었지요.

나는 그가 M이란 여성의 환영을 이상애 대상으로 삼고 고이고이 혼자 동경하고 혼자 애모하면서, 그것을 그의 예술적 영감의 원천으로 삼고 있음을 확실히 이해하였다. 군은 실제로 이성을 사랑하기에는 너무나 이상적이었고, 공상적이었고, 그의 정신과 상념이 너무나 공허, 담백하였다. 군은 여성을 연모한 것이 아니라, 그 환영을 동경하였던 것이다.

이 증언은 이장희가 1924년에 발표한 시편 「동경(憧憬)」을 이해하는 데 결정적인 자료가 됩니다. 그는 일본에서 유학하고 있을 때 일본인 친구의 여동생인 문학소녀 에이코를 무척이나 사랑했어요. 전통 옷을 파는 옷가게 집의 딸이었죠. 이 소녀는 그에게 있어서 단테의 베아트리체와 같은 존재였죠. 그는 귀국해서 독신처럼 살아갈 때 마실 줄도 모르는 술을 마시면서 곧잘 에이코에 관한 그리움을 양주동에게 감추지 못했다고 해요. 나의 M이 있는 일본으로 가고 싶다는 등.

이장희가 에이코를 가리켜 M이라고 했다면, 이 시의 본문에 있는 '마리아'에 다름 아니에요. 이 단어는 친구인 이상화에게 있어서 이상적인 여인상인 '마돈나'에 해당합니다. 이장희는 여성 편력이 있었던 이상화와 달리 오로지 에이코만을 사랑했지요. 그러나 양주동의 말마따나 그녀를 정말 그리워했다기보다는 (아름다운 기모노를 입은) 그녀의 환영을 좇고 있었는지도 모릅니다. 사춘기에 형성된 이 구원(久遠)의 여인상은 병적인 자기애의 그림자와 함께 시의 여러 부분에 얼비치고 있지요. 시편 「봄 하늘에 눈물이 돌다」(1926)에는 이런 표현이 있습니다.

흰 구름 조는 하늘 깊이에
마리아의 빛나는 가슴이 잠겨 있나니

무직자로 어둠의 골방 속에 늘 칩거하던 시인 이장희는, 가장 왕성하게 시를 발표하던 1929년에, 늦가을인 11월에 이르러 본가의 머슴이 살던 작은 방에서 독극물을 마시고 스스로 절명했어요. 한 해의 마지막 낙엽처럼 말이죠. 한 장의 유서나 한 마디의 유언도 남기지 않았지요. 저 에이코에 대한 지독한 그리움도 염세와 죽음의 한 까닭이 되었는지도 몰라요.

그리움

오늘은 바람이 불고
나의 마음은 울고 있다.
일찍이 너와 거닐고 바라보던 그 하늘 아래 거리언마는
아무리 찾으려도 없는 얼굴이여.
바람 센 오늘은 더욱 너 그리워
진종일 헛되이 나의 마음은
공중의 깃발처럼 울고만 있나니
오오 너는 어드메 꽃같이 숨었느뇨.

* 어드메 : 어디에서.

굳세고 준엄한 의지의 시인이면서도 소박한 순정의 소유자였던 시인 유치환이었기에, 이와 같은 연심의 서정시도 간혹 볼 수 있습니다. 그가 늘 쓰던 관념적인 한자의 상투어가 없어 오히려 읽기에도 순조롭습니다.

이 시의 주제는 없음(不在)에의 형언할 수 없는 그리움이자, 먼 곳에 대한 뜨거운 동경입니다. 화자의 말 상대인 '너'는 세속적인 열망의 대상으로서 연인이며, 또는 사색의 차원에서 볼 때 생명력의 근원으로 환원되는 원초적 향수의 공간, 즉 유토피아이기도 합니다. 더욱이 거제의 바닷가에서 태어나 통영의 바닷가에서 성장한 그에게 있어서 풍광이 명미(明媚)한 바다가 생명의 원체험였음에랴.

먼 객지를 떠돌다가 돌아온 나그네가 한때 가슴 죄며 사랑했던 이를 찾는 것은 동서고금의 문학에서 흔히 보는 모티프입니다. 한때의 사랑은 실로 잃어버린 낙원입니다. 유토피아가 부재하는 공간, 말하자면 현실적으로 '없는 곳(ou-toppos : no-place)'이어서 인간은 더욱 들썩이거나 충동적인 마음을 갖게 되지요. 이상이나 꿈이 현실적으로 이룰 수가 있다면, 왜 달뜨거나 충동적이겠어요? 여기에서 그대를 '숨은 꽃'으로 비유한 것도 현실을 바람이 세찬 겨울로 인식하였기에 가능하지 않았을까 해요.

꽃눈처럼 그리운 그대의 환영에 헛되이 울고 있다는 화자의 진술은 애처로운 그리움의 정서가 담긴 어조로 이루어져 있지만, 격동하는 감정을 추스르기 위해 '……언마는', '……나니', '……느뇨'와도 같이, 점잖고 예스러운 글월체의 말꼬리를 잘 이용하고 있어요.

한마디로 말해, 이 시의 주된 정조는 낭만적 세계 인식이 빚어 낸 환멸의 비애감이라고 하겠습니다. 시인이 품고 있는 그리움은 애초의 창작 의도와 상관없이 독일 낭만주의의 색을 입힌 그리움으로 읽힙니다.

젠주흐트(Sehncht)!

이 독일어 단어는 '찾다, 탐색하다'에서 비롯되었다죠. 즉, 탐색의 동경(憧憬)이 독일인의 그리움인 거죠. 마음속의 그림을 그리는 우리의 그리움과 다르지요. 독일인들의 그리움이 움직임의 그리움이라면, 우리나라 사람들의 그리움은 멎음의 그리움이에요.

하지만 이 시에서 확인되는 그리움의 정서인 연모, 사모, 갈망은 매우 역동적입니다. 그래서 아무리 찾으려고 해도 (찾을 수) 없는 얼굴인 것입니다. 이 얼굴은 그렇기에 숨은 꽃이에요. 철학적인 순수 이념인 이데아의 표상이지요.

나와 나타샤와 흰 당나귀

백 석

가난한 내가
아름다운 나타샤를 사랑해서
오늘밤은 푹푹 눈이 내린다.

나타샤를 사랑은 하고
눈은 푹푹 날리고
나는 혼자 쓸쓸히 앉아 소주를 마신다.
소주를 마시며 생각한다.
나타샤와 나는
눈이 푹푹 쌓이는 밤 흰 당나귀 타고
산골로 가자 출출이 우는 깊은 산골로 가 마가리에 살자.

눈은 푹푹 내리고
나는 나타샤를 생각하고
나타샤가 아니 올 리 없다.
언제 벌써 내 속에 고조곤히 와 이야기한다.
산골로 가는 것은 세상한테 지는 것이 아니다.
세상 같은 건 더러워 버리는 것이다.

눈은 푹푹 내리고
아름다운 나타샤는 나를 사랑하고
어데서 흰 당나귀도 오늘밤이 좋아서 응앙응앙 울을 것이다.

*출출이 : 뱁새, 붉은머리오목눈이.
*마가리 : 단칸 오두막집. 이 문맥에선 '오막살이'는 부적절하다.
*고조곤히 : '고요히'로 알려져 왔지만, '조곤조곤(히)'가 좋겠음.

　수려한 용모에다 일본 유학의 학력, 문학적인 재능, 또 다양한 외국어 구사 능력이 있었던 백석은 뭇 여성으로부터 인기가 있었을 겁니다. 소위 문단의 '여류'들과도 친한 사람이 적지 않았지요. 그리고 그는 자의든 타의든 간에 여성 편력이 심했습니다. 부모가 정해준 세 명의 여자가 있었지만, 첫날밤을 자지 않고 새우등으로 지새고는 도망을 다니곤 했지요. 그가 서른 네 살이던 1945년, 한 해가 저물어갈 무렵에, 평양에서 다섯 번째로 결혼한 열네 살 아래의 평범한 여성과 50년 넘게 해로하면서 5남매를 두었습니다.

　그 자신의 시에는 적어도 세 명의 여인이 등장합니다. 「통영」의 '난(蘭)'과 「나와 나타샤와 흰 당나귀」의 '나타샤', 「남신의주 유동 박시봉방」의 '어느 새 없어진 아내'가 그들입니다. 통영의 난인 박경련은 그가 한 번 보고는 첫눈에 반해 혼자 좋아하다가 친구 신현중에게 빼앗긴 (이화고녀를 수석으로 졸업한) 미모의 재원이요, 서울의 나타샤인 김영한은 조선권번 출신으로서, 뛰어난 재능의 기예로써 이름을 떨쳤던 장안의 명기요, 남신의주의 아내는 1년간의 짧은 결혼 생활 끝에 이혼을 했지만 훗날 김일성의 배려로 북한 최고의 여성 작곡자의 삶을 산 문경옥입니다. 모두가 결코 평범하지 않은 여인들이었죠.

　지금 제가 소개하고 있는 「나와 나타샤와 흰 당나귀」는 두 번째의 경우를 말하는 것입니다.

　이 시에서 가리키는 '나타샤'는 이국적이면서 환상적인 느낌의 이름이네요. 이상화의 마돈나 이장희의 마리아의 경우처럼, 연인에 대한 익명의 애칭입니다. 백석에게 있어서 말이죠, 이 시를 쓸 무렵의 연인은 사실혼 관계의 김영한이란 여성이었어요. 그녀는 한때 기예가 출중하였지만 낮은 신분의 기생이었지요. 그래도 1953년에 중앙대학교 영문과를 졸업한 학식 있는 인텔리 여성이었답니다. 그녀는 가곡의 대가인 스승 하규일로부터 '진향'이란 예명 내지 기명을 얻은 인물입니다. 진향은 '참다운 물은 향기를 내지 않는다.'의 뜻인 진수무향(眞水無香)의 준말입니다. 아마도 이 분은 향기 없이 담백한 물 같은 여인이었을 거예요. 지금도 국악인으로서 연구 대상이 될 수 있는 분입니다. 이 분은 백석에게서 이백의 시에 나오는 여성의 이름인 '자야(子夜)'라고도 불리기도 했지요. 시인 백석은 세간에서 기생의 기둥서방이란 손가락질을 받았어도, 진향, 아니 자야 김영한을 무척이나 사랑했습니다.

어느 날 하루, 교사였던 백석은 잠에서 깨어나자마자 다음 날의 출근을 위해 부리나케 함흥 천릿길에 올랐습니다. 이때 그는 자야에게 봉투 한 장을 떨어뜨리고 떠났습니다. 누런 미농지 봉투 안에는 친필의 시 한 편이 들어 있었는데, 이게 바로 「나와 나타샤와 흰 당나귀」였답니다. 나는 가난하다. 나타샤는 아름답다. 어울리지 않는 관계의, 이 두 문장 속에서, 사랑하기에 오늘밤에 눈이 푹푹(펑펑) 내린다고 했으니, 예사롭지 아니한 상(想)의 실마리라고 하겠죠. 그녀는 훗날 이 시를 읽을 때마다 시의 첫머리에 나오는 '가난'이란 말이 마치 가슴에 바늘로 꼭꼭 찌르는 것 같은 감회를 가지곤 했답니다.

백석은 혼자 쓸쓸히 소주를 마셨군요. 나타샤를 생각하면서 말이죠. 요즘 말로 하면, 이른바 '혼술'이 되겠네요. 그럼, 그의 음주 습관에 관해 말해볼 게요. 그는 특별한 오락이나 취미가 없는 대신에, 술을 좀 좋아했대요. 그녀는 그가 술을 마구 마시는 경음가(鯨飮家)가 아니라 애주가였다고 말해요. 경음가라구요? 재미있는 표현이네요. 고래 경 자, 마실 음 자, 즉 술고래라는 뜻입니다. 여기에서 말하는 소주는 무슨 술일까요? 지금 우리가 즐기는 희석식 소주는 아니구요, 안동 소주처럼 전통 증류주로서의 소주일 가능성이 있습니다. 그런데 이것은 가난한 사람이 마시는 술은 아니지요. 그렇다면 러시아로부터 몰래 들여온 값싼 보드카일 가능성이 더 높습니다. 자야 역시 자신의 회고록에서 이 소주를 가리켜 북방의 추운 지방 사람들이 즐겨 마시던 술이라고 했어요.

술은 좋아했지만 술이 그다지 세지 않았던 그를, 단박에 취하게 했을, 상당히 도수가 높았을 소주. 이 소주가 남긴 취기 속에서, 그는 쉬 환상에 사로잡힙니다. 눈이 푹푹 내리고, 나는 나타샤를 생각하고, 나타샤가 아니 올 리 없다. 말하자면, 이렇습니다. 눈이 펑펑 내리는 날에, 내가 술을 마시고 취해 그녀를 생각하면, 그녀가 아니 올 수 없다는 겁니다.

이 시에서 사용된 몇 가지 특이한 시어를 살펴볼까요?

우선 개성적인 상징어가 참 재미있네요. 이 시는 '푹푹'이라는 의태어로부터 비롯해 '응앙응앙'이라는 의성어로 끝을 맺고 있습니다. (시각에서 시작해 청각으로 마무리되네요.) 일반적으로는, '푹푹'하는 모양이 '펑펑'이라고 하고, '응앙응앙'하는 소리는 '히이-힝'이라고 하지 않나요? 또, 이 뿐만이 아니라, '출출이'도 마찬가지예요. '출출출……'하는 새소리를 흉내 낸 말인데, 실제의 소리는 '씨씨씨……'에 가깝다나요? 뱁새니 비비새니 하는 이 새의 정식 이름은 '붉은머리오목눈이'라고 합니다. 여기저기에서 시끄러울 정도로 울어대는 작은 텃새래요.

시의 본문에서 생소한 시어로는 '마가리'가 있네요. 보통은 '오막살이'라고 뜻을 새깁니다만, 틀린 말이 아니라고 해도 이 문맥에선 부적절합니다. '단칸 오두막집'이 적절해 보이네요. 좀 더 정확한 의미는 방언을 전공하는 국어학자 이상규의 저서를 통해 참고할 수가 있습니다.

마가리 : 노비가 기거하는 단칸 오두막집. 오막살이. (……) 특히 '마가리'는

남부 방언에서 '호릿집', '하리집', '가랍집'과 같은데, 이것은 사대부가 집 근처에 단칸으로 지은 노비가 기거하는 집을 말한다. 단순히 '오두막집'이라는 의미와는 다르게 사용되었던 어휘이다. (『위반의 주술, 시와 방언』, 경북대학교, 133면.)

마지막으로, '고조곤히'에 관해서도 할 말이 있어요. 그 동안, 이 낱말은 '고요히'와 '조용히' 등으로 알려져 왔지만, 적어도 이 시의 본문에 있어서라면 오히려 '조곤조곤(히)'가 좋겠다고 생각됩니다. 지금 우리가 곧잘 사용하는 낱말이 아니에요? 사전적인 의미로는 '성질이나 태도가 조금 은근하고 끈덕진 모양'을 가리킵니다.

시인 백석은 외따로 떨어진 깊은 산골에 들어와, 취기에 한껏 기대어 환상 속에서 살게 됩니다. 헛것으로 이룩한 사랑. 환상의 힘이 가져다준 사랑. 이 사랑은 삭막한 현실에서 막강한 힘을 얻고 있어요. 환상이나 몽상의 아름다움을 빚어내는 것도 시인의 영감에 의한 몫이 아닐까요?

이 시의 백미는 시 본문의 막바지 행에 있습니다.

흰 당나귀의 울음소리는 밝음과 어둠의 조화를 이룩해내고, 환상과 현실을 화해하기 위한 하나의 손짓이 되고 있어요. 당나귀의 색은 여기에서 하필이면 왜 흰색일까요? 흰색이라야, 이 시가 지향하는 탈속의 이미지와 잘 호응되지 않겠어요? 흰 빛이 지닌 신비감은 펑펑 쏟아지는 아름다운 폭설의 이미지와도 잘 어울리고 있네요.

백석은 자야와 함께 눈이 내리는 산골 깊은 곳을 사랑의 도피처로 삼지 못했습니다. 그녀는 '예전에 보지 못했던 싸늘하고 강잉한 표정'으로 만주로 함께 떠나자던 그의 권유를 뿌리쳤어요. 정식 혼인도 하지 못한 채 기생 노릇을 계속하는 자신이 그에게 따로 도움이 될 만하지 못해서라나요.

백석의 만주행은 두 사람을 영원히 갈라놓습니다. 그리고 해방이 되고, 분단이 되었지요. 두 사람은 다행히 천수를 누렸습니다. 하지만 처지는 달랐죠. 북녘의 백석이 오지 중의 오지인 함경도 삼수군에서 궁색한 농사꾼으로 서른 몇 해를 보냈다면, 남쪽의 자야는 각계의 거물이 드나드는 고급 요정을 운영하면서 부를 축적하고, 또 막대한 유산을 사회에 환원하면서 세상을 떠났지요.

자, 우리 모두 이 아름다운 연시를 읽으면서, 두 사람 사이에 있었던 예사롭지 않은 인연과 사연, 또한 시의 행간에 남모르게 숨어 있고, 시의 본문에 깊숙이 배어 있는 사랑의 내력을, 몽상 속의 순수를, 애틋한 아름다움을, 환(幻)의 성취를 함께 음미해 보도록 합시다.

꽃가루 속에

이용악

배추밭 이랑을 노오란 배추꽃 이랑을
숨 가쁘게 마구 웃으며 달리는 것은
어디서 네가 나직이 부르기 때문에
배추꽃 속에 살며시 흩어놓은 꽃가루 속에
나두야 숨어서 너를 부르고 싶기 때문에

  결이 고운 우리말을 곡진하게 가려서, 누구나의 보편적인 체험이 되는
사랑과 이별과 그리움을 노래한 서정시들이 적지 않습니다. 그런데 우
리에게 친근하고 익숙한 시의 사랑노래는 이용악의 시에서 거의 찾아
볼 수 없습니다. 아니, 이용악은 전형적인 서정의 시인이면서 차라리 연
가 풍의 서정시를 거부했다고 봐요. 유난히 비감과 우수에 가득 찬 이용
악의 서정시에서 뜻밖에도 사랑의 고뇌와 아픔을 노래한 시가 없다는
건 참 뜻밖이에요.

  그런데 말이죠, 한 가지 예외가 있다면, 가난한 객지 생활 속에서 늦
도록 결혼을 못했던 그가, 짐작컨대 훗날 아내가 될 여인과의 사랑의
감정을 노래한 사실을 들 수 있지요. 그는 「꽃가루 속에」라는 연시를
남깁니다. 이 시는 그의 시에 주로 나타난, 유난히 슬픈 분위기와는 달
리, 도리어 사랑의 환희를 노래하고 있습니다. 일반적인 관습에 따르
면, 연가는 실연의 노래를 지향해요. 애정의 환희를 노래한 서정시는
알고 보면 그다지 많지 않아요. 실연의 고뇌에서 오는 가슴앓이야말로,
연시니 사랑노래니 하는 것의 보편적인 제재였어요. 이 점에서 볼 때,
이 시는 사랑의 기쁨을 노래한, 그래서 소중히 여겨야 할 우리 서정시
의 명편이 아니겠어요? 그의 시 중에서 가장 소중하고 뛰어난 시편의
하나임에도 불구하고, 비평가로부터 이 시에 관해 한마디의 언급이 없
었던 까닭은, 그의 시 세계의 관행에서부터 너무 멀찍이 벗어나 있기
때문이 아니었을까요?

  이 시는 읽어볼수록, 음미할수록 말이에요, 요란하고 화려한 말치레로
꾸미지 않고서도 감미롭게 속삭여오는 사랑의 밀어를 느끼게 합니다.

사랑은 드라마나 영화 속의 가상현실이 아니랍니다. 가장 값진 사람살이의 실상이지요. 이 시를 통해 건전하기 이를 데 없는 생활 감정을 슬며시 바라보세요. 신명나는 살판, 아니에요? 자, 여러분. 사랑하는 이를 생각하며, 이 시를 한 번 낭독해 보세요. 마음에서 우러나오는 시심의 호흡이 들리지 않나요?

동심초

—번역시

1

꽃잎은 하염없이 바람에 지고
만날 날은 아득타 기약이 없네.
무어라 맘과 맘은 맺지 못하고
한갓되이 풀잎만 맺으려는고.

(한갓되이 풀잎만 맺으려는고.)

2

바람에 꽃이 지니 세월 덧없어
만날 길은 뜬 구름 기약이 없네.
무어라 맘과 맘은 맺지 못하고
한갓되이 풀잎만 맺으려는고.

(한갓되이 풀잎만 맺으려는고.)

이 시는 한낱 번역시에 지나지 않습니다. 제목은 '동심초(同心草)'예요. 두 남녀의 마음을 엮는 풀이라는 뜻이지요. 시의 내용에서는 두 남녀가 현실적으로 마음이 잘 엮이지 않습니다. 그래서 옮긴 이 김억이 본래의 제목은 버리고 이 제목을 쓰고 있지요.

김억은 중국 당나라 시대의 기녀 시인인 설도(薛濤 : 768~832)의 한시인 「춘망사(春望詞)」 제3수를 처음으로 중외일보(1930. 9. 4)에 옮겼습니다. 무슨 연유인지 모르지만, 일제강점기를 통해 이 단편적인 텍스트를, 네 차례나 적확한 우리말로 옮깁니다. 인용한 두 편의 역본 가운데 제1텍스트는 그의 세 번째 역본(1934)이요, 제2텍스트는 그의 네 번째 역본(1943)이 됩니다.

제가 왜 같은 텍스트를 두 번이나 실었느냐? 궁금하시죠? 이 두 가지 역본은 해방 직후에 작곡가 김성태에 의해 노래로 작곡되었는데, 이것은 다름이 아니라 우리 근대 가곡사에서 주옥의 명편으로 손꼽히고 있습니다. 같은 원시를 옮긴 서로 다른 역본은 각각 1절과 2절로 나란하게 함께 불려져 왔습니다. 원시의 내용도 궁금하시죠? 제가 옮긴 보잘것없는 역본을 어디 살펴볼까요?

풍화일장로(風花日將老)　바람 속의 꽃잎은 날로 시들어 가네.
가기유묘묘(佳期猶渺渺)　다시 만날 고운 그 날은 아득하여라.
불결동심인(不結同心人)　한 마음을 맺지 못할 머나먼 그대여,
공결동심초(空結同心草)　한 마음의 풀만 공연히 맺으려 하네.

이 원시와 김억의 역본은 느낌부터 사뭇 서로 다르지 않아요? 김억의

번역은 차라리 번안(飜案)에 가깝습니다. 번역과 창작의 틈서리에 놓이는 것이 번안입니다. 뭐랄까요? 이를테면 '창작적 의역'이라고 할까요? 김억의 번역관은 일제강점기에 적잖은 논란과 파장을 불러 왔습니다. 그는 시의 번역을 두고 번역이라기보다 창작이라고 했고, 번역이 창작보다 더 공을 들이고 또 정성을 기울여야 한다고 확신했습니다. 번역의 원칙이 전통적으로 의미를 정확하게 전달하는 데 있었습니다만, 그는 이보다 말의 소리나 울림을 한결 중시하려고 했던 겁니다.

설도는 서울(서안)이 고향이지만 아버지가 정치적인 박해를 받음으로써 변방인 사천성의 성도에 가서 살게 됩니다. 그녀의 아버지가 이내 죽자, 노래하는 고급 기녀, 즉 악기(樂妓)가 됩니다. 가족을 부양하기 위한 소녀 가장인 셈이었죠. 그녀가 노래를 잘하고 또한 시의 재능이 무척 뛰어나다는 소문이 천하에 퍼지자 그녀의 주변에 당대의 유명한 시인들이 몰려듭니다. 시를 주고받는 것을 두고 창화(唱和)라고 하는데 그녀의 창화 대상은 주로 연하의 시인들이었습니다. 유명한 백거이(772~846)도 그 중의 한 사람이었지요. 대화와 창화를 나누다 보니, 남녀 간에 서로 연정이 통하는 경우도 있었겠지요. 그녀가 연심을 품은 상대는 열한 살 연하의 시인인 원진(779~831)이었대요.

마흔 살의 비교적 늦은 나이에 연하의 남자를 잊지 못해 그리움에 사무친 끝에 곡진하게 쓴 시가 바로 이 「동심초」랍니다. 어때요? 꽃다운 인연의 얘깃거리로, 천년이 훨씬 넘은 오늘날에 이르기까지 남아 있지 않습니까? 천고, 만고의 절창이 아닐 수 없습니다. 어디까지나 제 주관적인 기호에 불과합니다만, 뿐만 아니라 저는 「동심초」의 노래나 노랫말만큼 우아하고 예스럽고 아름다운 사랑노래가 별로 없다고 봅니다.

샘물

설정식

처녀야,
하루의 물레 손을 그만 쉬고,
이제 쉬일 때가 되었다.
어머니의 그 질항아리를 이고,
어서 너의 집에서 나오너라.
모두들 불놀이 간다는 저녁이다.
나와 함께 너는
저 숲으로 가보지 않으려느냐.
별빛이 총총 내려 뿌리는 저기,
아무도 다치지 않은 평화가 있다는 그 곳으로,
우리들의 마른 풀포기에 끼얹을
샘물 길으러, 가지 않으려느냐.

1930년대 초반부터 시를 쓰기 시작한 시인 설정식은 그 후 일본과 미국에서 영문학을 공부하였습니다. 해방기에, 좌파 문인 단체에 가담하는 잘못된 선택이 빌미가 되어 자신의 인생을 장차 그르치게 되었습니다. 해방기에 세 권의 시집을 펴내는 등 활발한 문학 활동을 하던 그는 정부 수립 후에 월북하고, 또 그 후에, 한국전쟁이 끝나자마자 간첩죄를 뒤집어쓰고는 처형을 당합니다. 전쟁 책임을 회피하려고 한 김일성의 계략에 의해 임화와 함께 정치적인 희생양이 된 거죠.

그러나 이 시를 보세요. 그의 시가 무슨 사상으로 무장된 흔적이 있습니까? 오히려 사상 대립의 부산물인 전쟁에 대한 혐오감을 보여주고 있습니다. 잔잔하게 속삭이는 것 같은 말투 속엔, 썩 깔끔하게 함축된 맛깔은 아니래도, 평이하고 서정적인 정감이 스며 있습니다. 이 시가 생산된 시대의 배경이 궁금하지요? 온갖 전쟁이 인간의 꿈과 영혼을 파괴하던 때, 세계는 열강의 이해관계 속에 전마(戰魔)의 아수라장으로 변해 가고 있었습니다.

비유컨대, 제2차 세계대전 중의 세계상은 메마른 척토 내지 황폐한 사막의 이미지 그 자체입니다. 이때 인간에게 간구되는 건, 메마른 가슴을 적셔 줄 평화로운 천지(泉地, oasis)이겠지요. 시인은 처녀에게 평화로운 낙토(樂土), 순결한 땅에 대한 그리움을 조용하고 간절하게 말하고 있습니다. 여기에서, 곱고 순결한 정녀(貞女)의 이미지로 환기되는 처녀는, 다름이 아니라 훼손되고 타락되기 이전의 지순한 세계를 상징하겠지요. 그 세계는 시적 화자가 숲속의 샘물에서 평화롭게 안주하길 바라는 존재의 터전이 아닐까요? 마지막으로, 이 시는 해방기 중등학교 국어교과서에 실렸음을 덧붙입니다.

사랑의 전당

윤동주

순(順)아 너는 내 전(殿)에 언제 들어왔던 것이냐?
내사 언제 네 전(殿)에 들어갔던 것이냐?

우리들의 전당은
고풍한 풍습이 어린 사랑의 전당

순아 암사슴처럼 수정 눈을 내리감아라.
난 사자처럼 엉크린 머리를 고르련다.

우리들의 사랑은 한낱 벙어리였다.

청춘!
성스런 촛대에 열(熱)한 불이 꺼지기 전
순아 너는 앞문으로 내달려라.

어둠과 바람이 우리 창에 부닥치기 전
나는 영원한 사랑을 안은 채
뒷문으로 멀리 사라지련다.

이제
네게는 삼림 속의 아늑한 호수가 있고,
내게는 험준한 산맥이 있다.

* 고풍한 : 고풍스러운. 풍취가 예스러운.
* 사랑의 전당 : 사랑이 이루어지는 장소를 미화한 표현.
* 내리감아라 : (원)나려감어라. 아래로 감아라.
* 엉크린 머리를 고르련다 : 엉클어진 머리카락을 손질하련다.

시인 윤동주가 남긴 소중한 연시입니다. 한 문장이 시의 전문을 압도합니다. 우리들의 사랑은 한낱 벙어리였다. 극히 시적인 아취가 감돌고 광채 있는 문장(紋章)의 경인구처럼 보이네요. 이 시구로 보아 시적 화자는 아직 사랑을 고백할 단계에 이르지 못했나 봅니다.

어느 교수는 1996년 2월, 윤동주의 유족으로부터 원고의 열람을 허락받습니다. 그는 온몸에 전율이 흐르는 것을 느끼면서, 누렇게 빛이 바랜 수제(手製) 원고를 열람하게 됩니다. 이를 계기로 같은 해 8월 말에 이르기까지 윤동주 시의 원문을 검토하는 작업에 들어가게 되는데요, 그는 윤동주가 원고를 첨삭하고 퇴고하는 과정에서 숨어 있을 시인의 마음을 읽는 것이 매우 중요한 작업임을 감지합니다.

그는 이상의 작업에서 시인 윤동주의 마음이 가장 잘 드러나 있는 원고를 「사랑의 전당」으로 꼽습니다. 다시 말하면, 이 원고야말로 시인의 마음이 가장 격동하는 드라마틱한 사례로 꼽힐 수 있다는 겁니다. 처녀의 이름인 '순(順)'은 새까맣게 지워져 있었다고 합니다. 지워진 흔적 속에서, 그는 '글씨를 지울 때의 시인의 감정의 흔들림이 얼마나 격렬했는지 마치 어제 지운 것처럼 흔적이 생생하게 남아 있었'(『다시올문학』, 2013년, 겨울호, 244면.)음을 종이의 배면에 전등불을 비추어 확인해내기에 이르게 됩니다. 시인이 처녀의 이름을 최초의 본디 원고에서 새까맣게 지웠다는 사실은 자신의 비밀스런 사생활을 애써 감추려는 마음의 방증으로 보입니다. 순, 혹은 순이로 가리키고 있는 시편들이 펼쳐진 행간의 여백에는 반드시 '고유명사라기보다 일종의 보통명사로 사용되어 있다.'라고만은 볼 수 없는 전기적인 사실의 여지가 남아있다는 거죠. 현존하는 자료만으로 볼 때, 그 이름은 시인의 후배였던 장덕순이 증언한 바, 시인과 함께 해란강변을 거닐었던 이화여전 학생일 가능성이 가장 높습니다.

이 여학생은 윤동주가 연희전문학교 1, 2학년 때 해란강변의 소위 연애 공원을 함께 거닐던 고향 처녀인 듯합니다. 그가 1938년에 쓴 작품인 「사랑의 전당」은 이 처녀에 대한 시적인 반응물로 보아야 하리라고 생각됩니다. 그 해란강변의 여학생은 순(順)이라는 극화된 기표를 비로소 얻게 된 것 같습니다. 그 여학생의 실제 이름이 '순(이)'인지도 모르겠습니다.

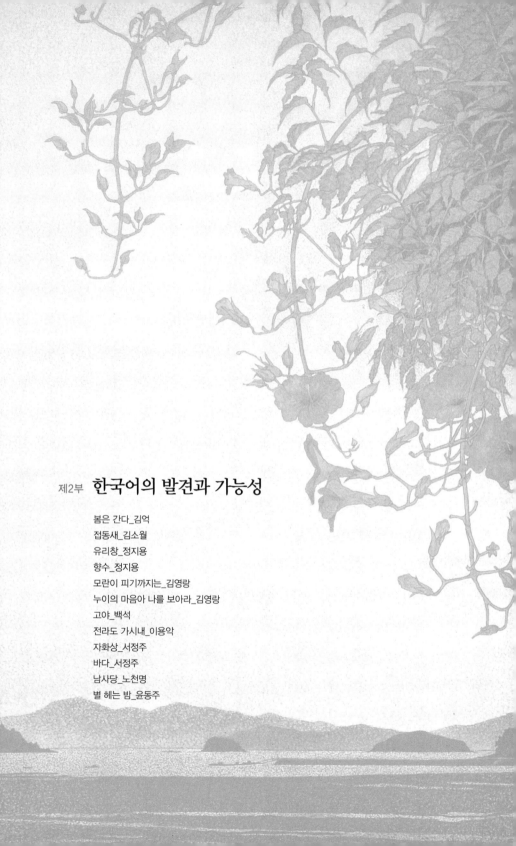

제2부 한국어의 발견과 가능성

봄은 간다

김억

밤이도다.
봄이다.

밤만도 애달픈데
봄만도 생각인데

날은 빠르다.
봄은 간다.

깊은 생각이 아득이는데
저 바람에 새가 슬피 운다.

검은 내 떠돈다.
종소리 비낀다.

말도 없는 밤의 설움
소리 없는 봄의 가슴

꽃은 떨어진다.

님은 탄식한다.

* 생각인데 : 생각되는데.
* 아득이는데 : 아득한데.
* 비긴다 : 비뚜로, 혹은 비스듬히 울려 퍼진다.

봄은 간다_김억

67

　이 시는『태서문예신보』1918년 11월 30일에 발표되었어요. 이 시의 지은이는 안서 김억. 김소월의 스승으로 잘 알려져 있지요. 이때만 해도 우리나라에 자유시라는 게 없었지요. 자유시로 한 걸음 나아간 과도기 형태의 신체시는 일본의 용어로서 사실상 최남선의 전유물이었어요. 김 억의「봄은 간다」는 자유시의 완성 단계에 거의 도달했습니다. 두 달 남 짓한 후에 발표된 주요한의「불놀이」는 형식적으로 온전하게 실현된 자 유시의 첫머리에 놓이게 됩니다.

　또한 여기에서 결코 지나칠 수 없는 사실은 이 시가 우리말 중심으로 표기되고 표현되어 있다는 것인데요, 본문의 시어 가운데 '종소리'의 '종(鐘)'밖에는 한자어가 없습니다. 검은 내 떠돈다. 이 문장을 보세요. 그 당시의 표현 관습이라면, '검은 천(川)이 부동(浮動)한다.'라고 해야 되 거든요. 시인 김억은 과감하게 우리말의 시적 전망을 내다보았던 거예 요. 훗날, 제자 김소월이 한자 투의 말들이 파놓은 늪 속에 매몰되지 않 고 기층 민중의 토착어를 잘 살려낸 것도 그의 가르침에 기인한 바 적지 않다고 봐야 할 것입니다.

　그럼, 내용을 한번 살펴볼까요. 청각을 빗금으로 시각화하는 부분적인 지적 통제력이 뜻밖에도 자랑스럽지만, 대체로 보아서 어둡고 침중한, 그래서 좀 바람직하지 않은 분위기입니다. 압도적인 상실의 감회와 감 상(感傷 : 슬퍼져 상한 마음)이랄까요? 아니면 염세적인 인생관이 드러나고 있다고 할까요? 석 달 후에 일어날 3·1운동의 시대적인 분위기와 서로 닮아 있다고나 할까요? 역사적인 맥락에서 볼 때, 폭풍전야를 예감한다 고나 할까요?

접동새

김소월

접동
접동
아우래비 접동

진두강 가람가에 살던 누나는
진두강 앞마을에
와서 웁니다.

옛날, 우리나라
먼 뒤쪽의
진두강 가람가에 살던 누나는
의붓어미 시샘에 죽었습니다.

누나라고 불러보랴
오오 불설워
시새움에 몸이 죽은 우리 누나는
죽어서 접동새가 되었습니다.

아홉이나 남아 되던 오랍동생을

죽어서도 못 잊어 차마 못 잊어
야삼경 남 다 자는 밤이 깊으면
이 산 저 산 옮아가며 슬피 웁니다.

* 아우래비 : '아홉 오래비(남동생)'의 뜻을 축약해 새 울음소리로 흉내 낸 말.
* 진두강(津頭江) : 평안북도 박천에 있는 실제의 강.
* 가람가 : 강변. 김소월은 고유어 가람가와 한자어 강변을 동시에 사용했다.
* 먼 뒤쪽 : 뒤는 북(北)을 뜻하기도 하므로, 서울을 기준으로 삼아 평안북도를 가리킨다고 봐야
  할 것이다.
* 불설워 : 몹시 서러워. '불'은 심함의 정도를 나타내는 접두사이다. 인품이 아주 낮은 사람을 일
  컬어 '불쌍놈'이라고 낮추어 말하듯이. 김이협의『평북방언사전』(1981)에는 '살림이 곤궁하여
  신세가 매우 가볍다.'의 뜻으로 풀이하고 있다.
* 야삼경(夜三更) : 자정을 전후로 한 깊은 밤중. 밤중을 야밤중이라고 하듯이, 야삼경은 삼경보
  다 더 깊음을 강조하고 있다.

　시편 「접동새」는 1923년 『배재(培材)』2호에 「접동」이란 제목으로 발표
되었다가 1925년에 시집 『진달래꽃』이 간행될 때 제목이 바뀌어졌습니
다. 지금 일상 언어로 사용되고 있지 아니한 이름, 민중의 방언이 갖는
상징적 기호 체계로서의 독창적인 시어는 느낌부터 새삼스럽습니다. 또
정서의 각별한 공감대를 확인시켜줍니다. 접동, 아우래비, 불설워……
이 작품은 설화의 제재를 수용해 민요의 가락과 토착의 정조를 바탕으로
피붙이의 원초적인 사랑을 애절하게 노래한 일종의 '이야기 시'입니다.

　옛날 평안북도 박천의 진두강변 마을에 10남매가 살고 있었다고 해
요. 그런데 어머니가 병이 들어 죽고 나서 아버지가 의붓어미(계모)를 들
였는데, 이 사람이 성품이 사악했대요. 첫째인 누나가 시집을 갈 나이가
되었는데 아랫마을의 부잣집 도령과 혼담이 오가면서 그 집 어른들로부
터 많은 선물을 받았대요. 욕심이 많은 의붓어미가 그걸 보고는 눈이 뒤
집혀 빼앗으려고 몰래 죽여 버렸다고 해요. 물욕에 의해 인명이 희생되
는 경우는 물론 지금도 일어나곤 하는 일입니다. 어쨌든 비극이 벌어졌
습니다. 죽어서 접동새가 된 누나는 아홉 명이나 된 남동생을 못 잊어서
늘 슬피 울고 갔다고 해요.

　시의 화자는 얘기하는 설화자(story-teller)인 동시에 노래하는 화자예요.
그는 서술적 자아이면서도 서정적 자아입니다. 설화(민담)의 상투적 발화
사인 '옛날'을 염두에 둘 때, 누나를 그리워하는 동생이 아닌 다른 화자
입니다. 그런데 제4연에 이르면 설화자는 아홉 명 남동생의 말을 대변합
니다. 비극의 감정을 최고조로 극화하기 위해서겠지요.

　접동

접동

아우래비 접동

여기에서 접동새는 주행성인 두견새일 것 같습니다. 혹자는 야행성의 소쩍새라고 생각하기도 해요. 두견새와 소쩍새는 생김새부터 전혀 다른 새입니다. 구슬픈 울음소리 때문에 서로서로 오인하는 사례도 잦다고 해요. 두견새의 울음소리는 4음보로 들리고, 소쩍새의 울음소리는 3음보로 들립니다. (이 시가 전체적으로 3음보격인 것이 유력하지만요.) 시인이 접동새의 울음소리를 4음보로 흉내 내었기에 두견새인 게 분명하다고 해야 하겠습니다. 두견새가 주행성이긴 하지만 주로 숲속에서 밤낮으로 운다고 합니다. 표준국어대사전에선 접동새를 두고 두견새의 경남 방언이라고 적고 있는데, (그래서 그런지, 고려시대에 동래로 유배된 정서가 지은 노래인「정과정곡」에 산접동새가 등장합니다만) 아마도 그것은 전국적인 분포의 방언인 것 같습니다.

접동새 울음은 이 시의 경우처럼 AABA형으로 웁니다. 접동새와 습성이 가장 비슷한 뻐꾸기가 민요 새타령에서'뻐꾹, 뻐국, 뻐뻐꾹, 뻐꾹'이라고 하면서 흉내를 내듯이 말이죠. 일본 사람들은 두견새(접동새) 울음을 두고 '쿄옥, 쿄옥, 쿄쿄, 쿄옥, '이라고 흉내를 낸답니다. 어쨌든 김소월 때문에 접동새라는 이름이 유명해졌지요. 후배 시인들이 시의 제재로 적잖이 이용한 전례라고도 할 수 있어요.

이 시를 두고 얼마 전에 작고한 김윤식 선생은, 오래 전에 지적 통제를 떠난 혼의 탐구, 문화적 울타리를 벗어난 물신적(物神的) 상태 운운하면서 비판적인 시선으로 보았습니다만, 이 시를 화석화된 잔존 문화 정도로 대충 바라보는 근대주의의 가치 기준에서 좀 벗어나야 할 것 같습니다. 접동새는 몸이 죽어 넋으로 부활한 원혼의 새. 누나의 영혼이 접동새의 화신이 되었다는 것은 극히 전근대적인 원주민의 발상입니다. 하지만 향토적 방언의 묘미, 토착적 정서의 전통, 민족적 생명의 리듬 등을 잘 살려 표출하고 있다는 관점에서, 이 시는 기층 민간에서 공유하는 토착의 감수성과 심정적인 공감대를 재생시켜주고 있다고 보아야 합니다.

유리창

정지용

유리에 차고 슬픈 것이 어린거린다.
열없이 붙어서서 입김을 흐리우니
길들은 양 언 날개를 파다거린다.
지우고 보고 지우고 보아도
새까만 밤이 밀려나가고 밀려와 부딪치고,
물먹은 별이, 반짝, 보석처럼 박힌다.
밤에 홀로 유리를 닦는 것은
외로운 황홀한 심사이어니
고운 폐혈관이 찢어진 채로
아아, 늬는 산새처럼 날러 갔구나!

* 열없이 : 좀 겸연쩍게. 쑥스럽거나 어색하게.
* 파다거린다 : 파닥거린다. 작은 새가 잇따라 날개를 친다.

시 창작의 동기는 시인의 어린 아들이 폐렴으로 죽었다는 사실에 있습니다. 그것으로 인해 생겨난 공허한 슬픔의 감정을 매우 절제된 언어, 선명한 감각의 이미지로 구체화하였습니다.

우선 유리창은 꽤 의미 있게 상징성을 띠는 물상이지요. 이것은 안쪽과 바깥, 내다봄과 들여다봄, 삶과 죽음, 밝음과 어둠 사이의 통로이자, 이 양면 세계를 투명하게 차단한 물성의 이미지예요. 동양에서 전통적으로 자녀의 죽음을 상명(喪明)이라 했다지요. 빛의 상실이랄까요? 흥미롭게 일치되는 건, 시인이 유리창 너머의 바깥세계인 아들의 죽음을 두고, 밝음을 상실한 밤의 이미지로 보여주고 있다는 사실입니다.

바깥의 차가움이 어린거린다는 것은 삶과 죽음의 경계에서 일으키는 모호한 환각에 지나지 않아요. 따뜻한 방안에로 돌아올 수 없는 어린 아이의 넋은, 유리창에 부딪쳐 언 날개로 파닥거리고, 결국은 어두운 죽음의 저편으로 향해 산새처럼 멀리 날아가고 맙니다. 그래서 밀려드는 새까만 밤은 생명에 대한 위협이요, 존재에 대한 근원적인 두려움인 거예요. 죽음이란, 역시 위협적이고 두려운 것이지만, 사랑하는 아이의 죽음이므로 결코 낯설지 않고, 도리어 친숙하기만 합니다. 유리창을 통해 아들의 죽음을 내다보는 고독한 자아는 차가운 세계를 부성애의 감정으로 다사롭게 바라다봅니다. 그렇기 때문에, '외로운 황홀한 심사(心事)'라는 역설의 균형 감각이 가능해질 수 있다는 겁니다.

어린 자녀의 죽음으로 인한 지고한 슬픔의 감정을 이렇게 감각적인 언어로써 조절하고 통제한 예는 드물지 않겠어요? 그 죽음을 유리창에 하얗게 얼어붙은 증기(성에)로 승화하고, 또 '언 날개'로 시각화한 것은 놀랄만한 기교의 극치가 아닐까요? 우리 시문학사에서 정지용만큼 지성과 감성이 조화로운 시인이었던 경우가 없습니다.

이데올로기로 인한 남북 분단이란 불행한 현실 조건은, 한때 남북한 어느 쪽에서든 그를 문학사 영역 바깥으로 추방했지만, 그는 한 시대의 시인으로서 실로 환상적이고 격조 높은 언어의 테크니션(technician)이었다는 데 이의가 없을 것으로 생각합니다.

향수

정지용

넓은 벌 동쪽 끝으로
옛이야기 지줄대는 실개천이 회돌아 나가고,
얼룩빼기 황소가
해설피 금빛 게으른 울음을 우는 곳,

—그 곳이 차마 꿈엔들 잊힐리야.

질화로에 재가 식어지면
비인 밭에 밤바람 소리 말을 달리고,
엷은 졸음에 겨운 늙으신 아버지가
짚 베개를 돌아 고이시는 곳,

—그 곳이 차마 꿈엔들 잊힐리야.

흙에서 자란 내 마음
파아란 하늘빛이 그리워
함부로 쏜 화살을 찾으러
풀섶 이슬에 함초롬 휘적시던 곳,

─그 곳이 차마 꿈엔들 잊힐리야.

전설 바다에 춤추는 밤물결 같은
검은 귀밑머리 날리는 어린 누이와
아무렇지도 않고 예쁠 것도 없는
사철 발 벗은 아내가
따가운 햇살을 등에 지고 이삭 줍던 곳

─그 곳이 차마 꿈엔들 잊힐리야.

하늘에는 성긴 별
알 수도 없는 모래성으로 발을 옮기고,
서리 까마귀 우짖고 지나가는 초라한 지붕,
흐릿한 불빛에 돌아 앉아 도란도란거리는 곳,

─그 곳이 차마 꿈엔들 잊힐리야.

* 지줄대는 : 낮은 목소리로 자꾸 지껄이는.
* 풀섶 : 풀숲. 여러 지역의 방언.
* 함초롬 휘적시던 : 흠씬 젖도록 마구 적시던.
* 줍던 : (원)줏던.
* 우짖고 : (원)우지짖고.

이 시에는 시인의 자전적인 경험과 관련시켜 논의할 부분과, 형식주의의 관점에서 시어의 모호성을 살펴볼 수 있는 부분이 있어요.

먼저 시인과 이 시의 관계를 볼까요? 이 시를 쓴 시인 정지용은 일제 강점기에 동서양의 해박한 교양을 바탕으로 토착적이면서 모던한 우리 근대시를 개척한 시인이에요. 시인일 뿐만 아니라, 시 이론가로도 잘 알려졌지요. 이 시는 모던한 감각이라기보다 토착적인 정조가 물씬 배여 있습니다. 이 시는 시인이 휘문고보를 졸업할 무렵인 1923년 3월에 최초로 쓴 것으로 보입니다. 한 사람의 증언에 의하면, 등사판 학생 동인지인 『요람』에 실렸다고 해요. 하지만 이 책은 지금까지 남아 있지 않습니다. 이 시의 원고가 1927년 6월에 옥천에서 고쳐지고, 이듬해에『조선지광』(1927. 7)에 발표됩니다. 이 원간(原刊)의 작품은 훗날 시인의 살아생전에 간행된 시집에 두 차례에 걸쳐 실리게 되지요.

이 시는 시인이 굼뜨게 앉아 있는 황소가 게을러터진 소의 울음소리를 내는 것 같은 고향마을의 평화로운 정경을 묘사함으로써 비롯합니다. 자신의 어린 시절을 회상하기도 하구요, 1927년 현존의 삶을 여실하게 드러내기도 합니다. 점차 늙어가는 아버지의 모습과, 아직 어린 여동생의 귀밑으로 땋아 내린 모습과, 여느 시골 아낙네와 다름없는 아내의 모습도 그립니다. 시인의 남동생이 요절했다는데 아주 어린 시절에 요절했다면, 그의 배다른 여동생은 시인의 유일한 형제가 되었겠습니다. 그의 아내는 시인과 서로 어릴 때 조혼을 했기 때문에 이 무렵에 벌써 결혼한지가 15년이 되었지요. 이 시를 쓸 무렵에, 짧지 아니한 결혼 생활임에도 불구하고 아직 첫째(장남)도 낳지 않았어요. 고향에 가족을 두고 서울과 일본 교토에서 공부한 그로서는 고향에 대한 그리움이 누구

못지않게 절절하였었겠지요.

　그러면, 다음으로 형식주의의 관점에서 시어의 모호성을 살펴보겠습니다. 이제부터 갑자기 전문적인 이야기들이 나올 수 있겠네요. 지금부터 전개될 제 해설이 불편하면 다음 시로 넘어가는 것이 좋을 것 같습니다.
　이 시에는 시작부터 낯선 낱말이 눈에 뜨이네요. 이 '회돌다'는 거의 용례가 없어요. 옛말에는 두시언해에서 '회상하다'의 뜻인 '회돌다'의 전례가 찾아집니다. 물론 여기에서의 '회'는 한자어 회(回)인 것이 확실해요. 두보(杜甫) 시의 한문 본문도 그렇습니다. 또 하나의 가능성은 '휘돌다'보다 말의 느낌이 작은 낱말로서의 '회돌다'입니다. 그렇다면 그것이 한자어인지, 고유어인지 참 아리아리하군요. 독자 여러분의 판단에 맡깁니다.
　다음으로 문제가 되는 시어는 '해설피'입니다. 이것에 관해서는 그 동안 다양한 해석이 나왔지만 가장 가능성이 큰 것으로는 (1)'햇살이 다소 약해지게'라는 의미와, (2)'해질 무렵(에)'라는, 시간을 지시하는 명사적 혹은 부사적 의미로 좁혀집니다. 우리말에 '설핏하다'라는 낱말이 있습니다. 지역에 따라서는 '설풋하다'와 '슬핏하다'라는 방언으로도 쓰이고 있습니다. 이러한 말들의 뜻은 국립국어원에서 편찬한 표준국어대사전에 다음과 같이 풀이하고 있네요.

　　① 사이가 촘촘하지 않고 듬성듬성하다.
　　② 해의 밝은 빛이 약하다.
　　③ 잠깐 나타나거나 떠오르는 듯하다.
　　④ 풋잠이나 얕은 잠에 빠진 듯하다.

　여기에서 ②의 뜻을 취한다면, '해설피'는 '해'와 '설핏하다'가 결합된 박명(薄明)의 의미를 지닌 것이라고 간주할 수 있겠죠. 그런데 충청도 출신의 소설가였던 이문구의 작품의 다음 용례를 보면, '해질 무렵(에)'이 맞는다고 봐요. 예컨대 어느 여름날 해설픈 석양, 해설핀 신작로, 해설피 반짝이는 서릿바람 그림자 등이 그 용례예요. 이 용례의 본문을 살펴보면, 모두 '해질 무렵'과 관계가 있습니다. 충청도 사람들은 지금도 '해설피 어디 가니?'라는 표현을 간혹 쓴대요.

다음은 시의 막바지인 다섯째 부분을 봅시다. 이 부분의 '성긴'과 '서리 까마귀'가 시적 모호성을 불러일으킵니다.

이 '성긴'은 애초에 '석근'(조선지광 : 1927)으로 표기되었다가 '성근'(지용시선 : 1946)으로 수정되었습니다. 수정의 의사는 시인에게 있었는지, 출판사 편집자에게 있었는지는 잘 알 수 없습니다. 저는 누구였든 간에 수정의 의도를 존중하면서 이 글에서, '성근'이 특별한 언어적 질감이 느껴지지 않아서 오늘의 표기법에 따라 '성긴'으로 정본화했습니다. 하지만 애초의 표기인 '석근'이 '성긴'의 오식인지, '섞은'의 연철 표기인지 잘 알 수 없습니다. 만약에 후자의 경우라면, 이 '석근'의 전례는 두시언해의 '섯근'에 이르기까지 거슬러 올라갑니다.

또 하나 문제가 되는 시어 '서리 까마귀' 역시 해석하는 사람들에 따라 크게 둘로 나누어집니다. 다수 의견은 이 '서리'를 상(霜)으로 봅니다. 사람들은 대체로 서리 맞은 까마귀, 서리를 맞으면서 날아가는 까마귀, 서리를 맞아 추레해진 모습의 까마귀 등으로 봅니다. 시인 김명인은 '서리가 내리는 찬 밤하늘을 우짖고 지나가는 까마귀'(1985)라고, 문학평론가 유종호는 '서리를 맞아 힘없이 늘어져 추레한 채 밤하늘을 우짖고 지나가는 까마귀'(2002)라고 해석했습니다. 그러나 소수 의견을 가진 사람들은 '무리를 지은 까마귀' 혹은 '무리지어 날아가는 까마귀'라고 해석합니다. 우리말에 이런 말도 있다고 해요.

떼서리 : 무리의 가운데

푸서리 : 풀 사이

서리꿩 : 떼를 지은 꿩

  정지용의 '서리 까마귀'가 무리를 지은 까마귀라는 사실이 아무리 소수 의견이라고 해도, 그가 애초에 이렇게 생각했을 가능성도 배제될 수 없지요. 신석정의 시편 「그 먼 나라를 알으십니까」에서 '서리까마귀'가 '무리를 이룬 까마귀'이고, 나태주의 시편 「누님의 가을」에서 '서리기러기'가 '무리진 기러기'이듯이 말입니다.

  그런데 말이죠, 제 친구인 국어학자 조항범은 정지용의 또 다른 시어 용례인 '윗까마귀'를 들면서 소수 의견 쪽에 손을 듭니다. 더욱이 그는 정지용의 '서리 까마귀'가 '떼를 지어 날아다니는 까마귀'뿐이 아니라, 10월과 11월에 수백 마리씩 떼를 지어 사는 겨울새인 '떼까마귀'일지도 모른다면서, 또 다른 견해를 조심스레 내놓기도 했구요. 전문가 수준의 독자들은 그의 논문인 「정지용의 '향수'에 쓰인 몇 가지 시어의 의미에 대하여」(한국시학연구 : 2007, 12)를 참고하기를 바랍니다.

  시편 「향수」는 '해설피'의 박명에서부터 시작해서 '서리 까마귀 우짖고 지나가는' 박암(薄暗)으로 옮겨지고 있습니다. 전체적인 인상을 엿볼 때, 이 시는 그림이나 사진과 같은 정영상이라기보다 시간의 추이가 변화하는 듯해 보이는 마치 동영상과 같군요.

모란이 피기까지는

김영랑

모란이 피기까지는
나는 아직 나의 봄을 기다리고 있을 테요.
모란이 뚝뚝 떨어져 버린 날
나는 비로소 봄을 여읜 설움에 잠길 테요.
오월 어느 날 그 하루 무덥던 날
떨어져 누운 꽃잎마저 시들어 버리고는
천지에 모란은 자취도 없어지고
뻗쳐오르던 내 보람 서운케 무너졌느니
모란이 지고 말면 그뿐 내 한 해는 다 가고 말아.
삼백예순날 하냥 섭섭해 우옵내다.
모란이 피기까지는
나는 아직 기다리고 있을 테요, 찬란한 슬픔의 봄을.

---

* 여읜 : 멀리 떠나보낸.
* 하냥 : 늘 한결같이. 중세 국어에서 하나의 모양이나 동일한 상태를 가리키는 '흔양(樣)'에서
비롯된 말이다. 김영랑의 「모란이 피기까지는」에서 '삼백예순날 하냥 섭섭해 우옵내다'와 윤동
주의 「눈 오는 지도」에서 '일 년 열두 달 하냥 내 마음에는 눈이 내리리라'는 같은 의미의 '늘
한결같이'이다. 그런데 전북 지방에서는 하냥이 '함께, 같이'의 의미로도 쓰인다. 다음과 같은
예문이 적절해 보인다. "하냥 갔는디 어디로 간 곳이 없다 그거여. 한참 가는디 뒤에서 누가 따
라옴서 하냥 갑시다 그려."

예로부터 지금에 이르기까지 누구나 꽃을 사랑해 왔고, 시인치고 꽃을 글감으로 삼지 않은 시인도 드물 것입니다. 단조로운 종교적인 상징에 서부터 다양한 시적 상징에 이르기까지 시인에게 있어서 꽃은 실로 무한한 상상력의 바다였지요. 여기에는 인간의 온갖 감정과 경험과 상상력이 반영되어 있어요. 말하자면, 사랑, 축복, 염원, 성취, 신념, 최고의 미, 생명의 환희 등을 가리킵니다. 한마디로 말해, 꽃은 최고조로 고양된 삶의 극치예요.

이 시는 세칭 시문학파의 실천적인 주역이며, 우리말의 아름다움을 섬세하게 조탁하고 거기에 한국적인 정서를 곁들여 순수 서정시의 길을 개척한 김영랑의 대표작입니다. 그런데요, 이 시는 꽃을 새롭고 경이롭게 바라보면서 느끼는 통상적인 반응과는 유다른 감정을 수반합니다. 즉, 뭐랄까요, 치솟아 오르는 느낌이 아니라, 내리 가라앉는 분위기예요.

이 시에서 한마디로 집약하는 꽃말은 '보람'입니다. 따라서 낙화(洛花)는 보람찬 한해의 소멸에 필적하는 상실감을 일으킵니다. 화자는 우주의 부피로 느끼는 고적감에 이기지 못해 마냥 흐느끼죠. 꽃맞이에 대한 기대감도 차라리 애절해요. 지선지미의, 아니 지순한 가치를 상징하는 모란이 피기까지 봄을 기다리겠다는 화자는 보람찬 개화를 위해 늘 꽃눈을 그리워합니다.

그 봄이 하필이면 '찬란한 슬픔'의 봄인가요?

영원하고 불멸하는 천상의 꽃이 아니라 숙명적으로 시들어 떨어지는 지상의 꽃이기 때문이 아닌가요? 그것은 기다림과 비애감으로 승화된 심미주의의 결정이에요. 전 이제야 비로소 알겠네요. 왜 이 시가 말이죠,

아름다움과 덧없음이란 모순적인 교차 감정을 불러일으키면서 청아한
가락과 더불어 울림하고 있는가를.

누이의 마음아 나를 보아라

김영랑

'오—매, 단풍 들것네.'
장광에 골붉은 감잎 날러오아
누이는 놀란 듯이 치어다보며
'오—매, 단풍 들것네.'

추석이 내일모레 기둘리리.
바람이 자지어서 걱정이리.
누이의 마음아 나를 보아라.
'오—매, 단풍 들것네.'

---

* 오매 : 어머머. 여러 지역의 방언이다. 시인의 고향인 강진의 순수한 지역어로는 '워매', '웜
매', '앗따매'라고 한다.
* 장광 : 장독대.
* 골붉은 : 시적 다의어이다. 가장 합리적인 해석은 '살짝 붉은'이다.
* 기둘리리 : (원)기둘느리. 기다리리.
* 자지어서 : 잦아서. 많아져서.

제가 고등학교 1학년이던 1973년이었지요. 그 당시로선 호화롭게 꾸 민 청소년 도서가 있었지요. 제목은 『언제까지나』였어요. 한국의 명시를 모아놓은 책이었어요. 그림과 사진이 있던 색채판으로 기억해요. 저는 이 책에 탐을 냈지요. 마침내 어렵사리 구해 읽었어요. 가장 기억에 남아 있는 시는 단연 「오─매, 단풍 들것네」였어요. 오랜 세월이 지나서 알고 보니, 이 시의 제목은 「누이의 마음아 나를 보아라」이지 않아요?

전라도의 방언이 맛깔난 이 시를 읽으면 한복 곱게 차려 입은 시골 처 녀의 모습이 문득 떠오릅니다. 계절의 빠른 변화에 대한 순간적인 놀라 움의 반응. 이것을 전라도 사람이 아니면 느낄 수 없는 묘한 말씨와 말 투에 담습니다. 이와 같은 언어의 선험적인 특성을 두고 시인은 스스로 '토정(吐情)'이라고 했습니다. (표준국어대사전에 의하면, 사정이나 심정 을 솔직하게 말하는 것이라고 풀이되어 있네요.) 직접적인 감정의 토로 라고나 할까요? 가장 전라도적인 토정의 예술 양식은 판소리나 육자배 기 등이 아닐까 해요.

여동생은 장독대에서 일을 하다가 바람결에 날아온 감잎을 통해 감나 무를 무심코 올려다봅니다. 오─매, 단풍 들것네. 아직 단풍이 들었다는 건 아니죠. 앞으로 들 것이라는 예감입니다. 그런데 사람들은 이미 단풍 잎이 물들었다는 것으로 생각하고는 합니다. 어쨌든 화자의 말과 누이 의 말이 어울린 두 겹의 말하기 전략이 사뭇 입체적인 성격을 부여하는 시라고 생각됩니다.

아주 오래 전에 살아생전의 제 아버지가 집 뒷마당에 두 그루의 감나 무를 심었지요. 거름을 주지 않아도, 농약을 치지 않아도, 추석 무렵이면 늘 감이 탐스럽게 열리고는 했지요. 그런데 저는 추석 무렵에 감잎이 단풍으로 물든다는 사실을 경험한 일이 전혀 없었습니다. 시기상조이죠.

제가 이 글을 쓰면서 최근에 시골에 있는 먼 친척 형님에게 감나무 잎의 단풍에 관해 문의를 했습니다. 이 잎은 두껍기 때문에 단풍이 잘 들지 않는다고 해요. 단풍이 든 채로 떨어지는 감나무는 전체의 2할 정도래요. 잎의 대부분이 본래 상태로 떨어진다고 하더라구요.

시의 본문에 나오는 시어 '골붉은'의 뜻이 도대체 무엇일까요? 처음에는 '짓붉은'이라는 설이 확실하게 자리를 잡았지요. 이 이후에는 '고루 붉은' '반만 붉은' '조금 붉은' 등등의 설이 등장합니다. 가장 최근의 해석은 '살짝 붉은'입니다. 저는 합리적으로 볼 때 '골붉은'의 뜻은 '살짝 붉은'이라고 봅니다. 이와 같이 점점 붉음의 의미가 약해져가고 있는 추세입니다. 양력으로 아주 늦은 추석이라면 '살짝 붉은'도 틀리지 않다고 봐요. 물론 이 가능성도 매우 적습니다. 시기적으로나 식물의 성질을 고려해볼 때 '짓붉은'과 '고루 붉은'은 어림도 없는 일입니다.

단풍으로 물이 들 것이라는 예감은 감잎이 아니라 누이의 마음입니다. 그래서 시의 제목도 누이의 마음 운운하지 않았겠어요?

제2연의 '바람'은 무슨 바람일까요? 저는 태풍이라고 봅니다. 남해안에 상륙하는 태풍은 추석 때까지 이어집니다. 제가 살아온 경험을 비추어 보면 태풍은 추석 이후엔 거의 소멸됩니다. 추석 무렵은 태풍의 끝자락이 놓이는 시기가 아닐까, 해요. 그런데 '사라'니 '매미'니 하는 역대급 태풍은 추석 무렵에 있었지요.

추석을 앞두고 명절을 기다리고 있는 온 가족은 태풍이 올라오지는 않을까 하고 걱정을 하고 있습니다. 태풍에 대한 걱정에도 불구하고, 이 와중에도 화자의 여동생은 단풍의 예감에 대한 놀라움의 탄성을 내지르

고 있습니다. 전라도 방언으로 아로새긴 직정(直情)의 토로! 오―매, 단풍
들것네, 하고 말입니다.

고야(古夜)

백 석

아배는 타관 가서 오지 않고 산비탈 외따른 집에 엄매와 나와 단둘
이서 누가 죽이는 듯이 무서운 밤 집 뒤로는 어느 산골짜기에 소를 잡
아먹는 노나리꾼들이 도적놈들같이 쿵쿵거리며 다닌다.

날기멍석을 쳐간다는 닭보는 할미를 차 굴린다는 땅 아래 고래 같
은 기와집에는 언제나 니차떡에 청밀에 은금보화가 그득하다는 외발
가진 조마구 뒷산 어느메도 조마구네 나라가 있어서 오줌 누러 깨는
재밤 머리맡의 문살에 대인 유리창으로 조마구 군병의 새까만 대가리
새까만 눈알이 들여다보는 때 나는 이불 속에서 자즈러붙어 숨도 쉬
지 못한다.

또 이러한 밤 같은 때 시집갈 처녀 막내고모가 고개 너머 큰집으로
치장감을 가지고 와서 엄매와 둘이 소기름에 쌍심지의 불을 밝히고
밤이 들도록 바느질을 하는 밤 같은 때 나는 아릇목의 삿귀를 들고 쇠
든밤을 내여 다람쥐처럼 밝아먹고 은행여름을 인두불에 구워도 먹고
그런다는 이불 우에서 광대넘이를 뒤이고 또 누워 굴면서 어매에게
웃목에 두른 평풍의 새빨간 천도의 이야기를 듣기도 하고 고모더러는
밝은 날 멀리는 못 난다는 메추라기를 잡아달라고 조르기도 하고

내일같이 명절날인 밤은 부엌에 째듯하니 불이 밝고 솥뚜껑이 놀으며 구수한 내음새 곰국이 무르끓고 방안에서는 일가집 할머니가 와서 마을의 소문을 펴며 조개송편에 달송편에 죈두기송편에 떡을 빚는 곁에서 나는 밤소 팔소 설탕 든 콩가루소를 먹으며 설탕 든 콩가루소가 가장 맛있다고 생각한다.

나는 얼마나 반죽을 주무르며 흰가루손이 되여 떡을 빚고 싶은지 모른다.

섣달에 냅일날이 들어서 냅일날 밤에 눈이 오면 이 밤에 새하얀 할미귀신의 눈귀신도 냅일눈을 받노라 못 난다는 말을 든든히 여기며 엄매와 나는 앙궁 우에 떡돌 우에 곱새담 우에 함지에 버치며 대냥푼을 놓고 치성이나 드리듯이 정한 마음으로 냅일눈 약눈을 받는다. 이 눈세기물을 냅일물이라고 제주병에 진상항아리에 채워두고는 해를 묵여가며 고뿔이 와도 배앓이를 해도 갑피기를 앓아도 먹을 물이다.

* 노나리꾼 : 소를 밀도살하는 사람.
* 날기멍석 : 낟알을 넣어 말릴 때 쓰는 멍석. '날기'는 '낟알'의 평남 방언.
* 니차떡 : '찰떡' '인절미'의 평북 방언.
* 청밀 : 꿀.
* 조마구 : 조막. '조무래기'를 비유적으로 이르는 말.
* 재밤 : '재밤중'의 준말. '한밤중'의 평안 방언.
* 샷귀 : 갈대를 엮어서 만든 자리의 가장자리. '샷'은 '샷자리', 곧 갈대를 엮어서 만든 자리를 말한다.
* 쇠든밤 : 새들새들해진 밤. 말라서 생기가 없어진 밤. '쇠들다'는 '새들새들하다'에서 온 말이다.
* 밝아먹고 : 발라먹고. '밝다'는 '바르다'의 평안 방언.
* 은행여름 : 은행나무 열매. '여름'은 '열매'의 고어. 평안 방언.
* 광대넘이를 뒤이고 : 물구나무를 섰다 뒤집으며 노는 모습을 말한다.
* 평풍 : '병풍'의 평안 방언.
* 천도 : 천도복숭아.
* 쩨듯하니 : 환하게.
* 냅일날 : 납일(臘日). 동지 뒤에 셋째 미일(未日). 대개 음력으로 연말 무렵이 되는 이날 나라에서는 종묘와 사직에 제사를 올렸고, 민간에서도 여러 신에게 제사를 지냈다.
* 냅일눈 : 납일에 내리는 눈. 이 눈을 받아 녹인 납설수(臘雪水)는 약용으로 썼다. 납설수로 눈을 씻으면 안질에도 걸리지않으며 눈이 밝아진다고 믿었고, 납설수로 장을 담그면 구더기가 생기지 않는다 하여 장을 담글 때도 사용했다.
* 곱새담 : 짚으로 엮은 이엉을 얹은 담. '곱새'는 '용마름'의 평북 방언.
* 버치 : 자배기보다 조금 깊고 아가리가 벌어진 큰 그릇.
* 대냥푼 : 큰 양푼.
* 눈세기물 : '눈석임물'의 평안 방언. 눈이 녹아서 된 물.
* 진상항아리 : 가장 소중한 항아리.
* 갑피기 : '이질'의 평북 방언. 함경 방언은 '가피게'이다.

■ 해설

제목인 '고야(古夜)'는 사전에도 없는 말입니다. 옛날 밤이라는 말의 뜻이니, 어린 시절의 밤을 회상한다는 정도이겠지요. 이 시의 본문에 나오는 토박이말은 대부분이 사전에 없는 말입니다. 저는 평소에 사전을 보고 읽는 시는 늘 별로라는 생각을 가지고 있었어요. 사전 없이 읽히는 시가, 먹히는 시요, 좋은 시라는 거죠. 인간 백석의 언어에는 여러 층위가 있어요. 그와 동거를 하면서 한 동안 사실혼 관계를 유지했던 자야 김영한의 회고록 『내 사랑 백석』(1995)을 살펴볼까요?

보통 담화 때는 주로 표준말을 썼지만 당신의 억양은 짙은 평안도 말씨였다. 무슨 일로 기분이 상했거나 고향 친구들과 담소를 나눌 때 당신은 야릇한 고향 사투리를 일부러 강하게 쓰는 습관이 있었다. 예컨대 천정을 '턴덩'으로, 정거장을 '덩거당'으로, 정주를 '덩두', 질겁을 '디겁', 아랫목을 구태여 '아르궂' 따위로 쓰는 식이었다. 시집 『사슴』에는 이러한 당신의 말씨가 그대로 짙게 나타나 있어서, 이 시집을 읽으면 꼭 당신의 음성을 듣는 것 같은 착각에 빠진다. (113면)

시인으로서 백석은 자신의 방언을 구사했습니다. 이 방언은 풍부하게 구사되고 다듬어낸 토박이말로 이루어져 있습니다. 시인으로서의 그의 언어는 이른바 기층(基層) 언어라고 할 수 있지요. 하지만 그에게는 기층 언어 바로 위에 가층(加層) 언어가 있었지요. 즉, 서울에서의 평상시 일상 대화나, 기자와 교사로서의 언어인 표준어와 한자어였지요. 이 시의 제목인 '고야' 역시 가층 언어이에요. 그는 사회생활을 하면서 표준어와 한자어가 많이 필요했을 거예요. 그런데 그에겐 맨 꼭대기에 상층(上層) 언어도 자리하고 있었죠. 그가 배우고 익힌 외국어를 말합니다. 그는 유학을 하면서 구사한 원어민 수준의 일본어, 학생들의 교육적인 대상 언어로서의 영어, 해방 직후에 평양에서 통역을 했다는 러시아어가 여기에 해당합니다. 이 상층 언어는 그 시대에 식민주의에 의해 굴종된 언어이기도 해요.

백석의 시편 「고야」를 보세요. 우리 토박이말의 향연이 아닙니까? 우리말의 발견과 가능성을 보여준 근대시의 전범이라고 할 수 있겠지요. 이 시에서 현란하게 구사된 시어들은 백석이 아니면 벌써 잊혀졌던 말이라고 할 수 있겠지요. 시적 효과가 있네, 없네 하는 것은 그 다음의 얘기입니다. 시인의 시어이기 때문에, 특히 백석의 시어이기 때문에, 우리에게 다시 한 번 기억할 수 있는 기회가 주어진 것입니다.

비평가 김용직은 오래 전에 백석 시의 언술 특징을 가리켜 '해사적(解辭的)'이라는 표현을 사용했어요. 전 이 말이 처음엔 무슨 말인가 했어요. 곰곰이 생각해 보니, 비논리적인 통사 구조와 통하더군요. 해사적인 언술의 경우라면, 이상의 시가 전형적으로 해당된다고 봐요. 왜? 의도적이니까. 하지만 백석은 문법과 논리를 극단적으로 해체할 의도가 없었어요. 그의 시는, 특히 초기 시의 경우는, 이를테면 반(半)논리적인 통사 구조의 언술을 구사하고 있었지요.

시편 「고야」는 전근대적인 동심의 상황인 원초적인 공포와 천진성, 반(半)논리적인 통사구조로 된 토박이말들의 전개 양상, 비위생적인 속신(俗信)의 세계 등으로 점철되어 있습니다. 이 독특한 시를 잘 읽고 스스로 한번 분석해 보세요. 또 다른 재미를 느낄 수 있을 거예요.

이 시의 정본 저작권과 주석 이용을 허락해준 지인 고형진 교수(고려대)에게 이 자리를 빌려 고마움의 뜻을 전합니다.

전라도 가시내

이용악

알록조개에 입 맞추며 자랐나
눈이 바다처럼 푸를뿐더러 까무스레한 네 얼굴
가시내야
나는 발을 얼구며
무쇠다리를 건너온 함경도 사내

바람소리도 호개도 인전 무섭지 않다만
어두운 등불 밑 안개처럼 자욱한 시름을 달게 마시련다만
어디서 흥참한 기별이 뛰어들 것만 같애
두터운 벽도 이웃도 못 미더운 북간도 술막

온갖 방자의 말을 품고 왔다
눈포래를 뚫고 왔다
가시내야
너의 가슴 그늘진 숲속을 기어간 오솔길을 나는 헤매이자
술을 부어 남실남실 술을 따르어
가난한 이야기에 고이 잠겨다오

네 두만강을 건너왔다는 석 달 전이면

단풍이 물들어 천리 천리 또 천리 산마다 불탔을 겐데
그래두 외로워서 슬퍼서 초마폭으로 얼굴을 가렸더냐
두 낮 두 밤을 두루미처럼 울어 울어
불슬기 구름 속을 달리는 양 유리창이 흐리더냐

차알싹 부서지는 파도소리에 취한 듯
때로 싸늘한 웃음이 소리 없이 새기는 보조개
가시내야
울 듯 울 듯 울지 않는 전라도 가시내야
두어 마디 너의 사투리로 때 아닌 봄을 불러 줄게
손때 수집은 분홍댕기 휘 휘 날리며
잠깐 너의 나라로 돌아가거라

이윽고 얼음 길이 밝으면
나는 눈포래 휘감아치는 벌판에 우줄우줄 나설 게다
노래도 없이 사라질 게다
자욱도 없이 사라질 게다

* 알룩조개 : 얼룩무늬가 뚜렷이 뒤섞인 조개.
* 발을 얼구며 : 발이 얼면서.
* 무쇠다리 : 철교(鐵橋).
* 호개 : 오랑캐 땅인 호지(胡地)의 개. 사납고 야만스런 개를 가리킨다.
* 인전 : 이제부터.
* 흉참(凶慘)한 : 흉악하고 참혹한.
* 방자(房子)의 말 : 춘향전에 등장한 방자의 전라도 사투리를 대유함. 아니면 중국인들이 낮잡아
  지칭하던 커우리펑즈, 즉 고려방자(조선인)가 사용하는 조선어를 말함.
* 눈포래 : 눈보라. 취설(吹雪).
* 헤매이자 : 문맥상의 뜻은 '헤매는구나' 임.
* 초마 : 치마. 옛말이나, 당시에는 함경도 방언.
* 불술기 : 본뜻은 불수레, 즉 화륜(火輪)이다. 여기에서는 증기기관차, 즉 기차를 가리킨다.
* 수집은 : 스며 배인.
* 우줄우줄 : 사전적인 풀이는 '몸을 흔들며' 이나, 앞뒤의 상황과 호응이 되려면 '추워서 움츠리
  며' 의 뜻으로 재해석되어야 한다.

　고백하자면, 제가 1980년대 말에 이 시를 처음 읽었을 때, 이 시는 제 가슴을 뜨겁게 적셨지요. 전 한 동안 이 시를 읽을 때마다 가슴이 언제나 먹먹했지요. 이 시는 제 가슴에 뭔가를 아로새겼고, 그리하여 저는 이를 지울 수가 없었지요. 정서와 실감의 꽃무늬로 곱다랗게 짜인 언어를, 마음의 파문을 일으키기에 조금도 축남이 없는 모국어의 정화를, 먼 이역에서 만난 동포 여인에게 보낸 무한한 동정심을, 짙게 퍼지는 향수를, 그 행간에 숨은, 뼈저리게 간고했던 동시대 삶의 실정을…….

　이 시는 열망의 허무함이 인식되는 공간 북간도에서 애처로운 향수와 순수하고도 발랄한 열정을 보여준, 독자들의 마음을 움직이게 한 이용악 시 최고의 절창입니다. 한 시대가 보여준 언어의 절대 경지에 도달한 보기 드문 가작이지요.

　시인의 신변 체험을 비교적 안정된 담화 구조 속에 포함시킨 이 시는, 당대 공동체 삶을 정직하게 보여주었다는 특장 외에도 '천리 천리 또 천리', '두 낮 두 밤을 두루미처럼 울어 울어' 등과 같이 시적 모국어의 무한한 음악적 향수를 환기하고 있습니다. 혹자는 이를 두고, 기계적인 반복으로 인한 이야기 비극성의 약화라고 비판했지만, 세련되고 적절한 비유 형식은 오히려 의미의 강도를 드높일 수가 있습니다. 이를테면, 조금 전의 인용구는 '삼천리'나 '이틀간'이라는 상용어보다 훨씬 음감과 의미의 효과를 드러내줍니다. 이 시에서는 특히 토착어에 대한 관심도 보여주고 있어요. 예컨대, '철교'를 '무쇠다리'로 '기차'를 '불술기(불수레)'로 대신 쓰고 있으며, '눈포래(눈보라)'와 '초마폭(치마폭)'도 상당히 시적인 느낌을 환기시켜주고 있습니다. 시인에게 있어서 토착어의 발굴은 식민주의에 대한 또 다른 저항 방식이 아닐까요? 그것은 모국어의 침식에 맞선 심정의 불꽃이랄까요?

이 시의 화자는 특정의 전라도 가시내를 노래합니다. 화자는 시인 자신일 가능성이 많습니다. 가시내는 계집아이를 속되게 이르는 말입니다. 주로 전라도와 경상도, 북한의 일부 지역에서 썼던 말이죠. 이 시의 주인공인 전라도 가시내는 한복 입은 소녀예요. 바닷가가 고향인 이 소녀는 북간도에까지 참 멀리 왔네요. 시의 내용을 보면, 지금 술집의 작부로서 술시중을 들고 있지요. 그 당시에 조선의 소녀들이 일본, 중국, 만주로 적잖이 팔려 나갔습니다. 가족을 부양하기 위해서거나 최소한의 생계를 위해서였지요. 이들은 거칠고 잡된 남정네의 성희롱을 감수하면서 죽지 못해 살았지요.

　　울 듯 울 듯 울지 않는 전라도 가시내야

참 슬픈 표현이네요. 가혹한 삶의 운명을 걸머진 그 시대의 소녀가 애처롭네요. 제가 20여 년 전에 여자대학교 두 군데에서 강의를 할 때, 이 시를 가르치면서 여자가 울 듯 울 듯 울지 않을 때 가장 아름답다고 말했는데, 이제는 젠더 감수성의 시대감각에 맞지 않은 말이 되었네요. 상대적으로 여러 모로 나약한 여자가, 지위와 배움이 있고 경제적인 여유가 있는 남자의 도움을 받아야 한다고 생각하는 시대는 이미 지나갔어요.

화자는 황잡한 사내가 아니네요. 동포 소녀에 대한 연민의 정을 한없이 느끼는 다감한 청년이네요. 제 직장 동료 가운데 전라도 출신의 국어학자가 계세요. 이 분의 말로는 전라도 방언 중에 '가슴네'라는 말이 있대요. 다른 사람에게서 한 번도 들어본 일도 없고, 글로도 읽은 일이 없는 희귀한 말이네요. 가시내라구요? 이 말보다는 덜 속된 말이 아닌가요? 또 어감이 소녀라기보다 처녀에 가까워요. 이 시의 제목이 '전라도 가슴네'이었다면 한결 좋았겠다, 라는 부질없는 생각이 문득 스쳐 지나 갑니다.

그 옛날, 1980년대에 이 시가 해금될 때, 한 비평가는 '잠깐 너의 나라로 돌아가거라.'라는 문장을 가리켜, 이 무슨 망발이냐면서 화를 낸 적이 있어요. 화낼 일이 아닙니다. 본원적인 수구(首邱)의 첫 마음을 강조한 것일 따름이에요. 아무 생각 없이, 너는 향수에 잠겨라. 이 말이에요. 깊숙하여 아늑하고 고요하게 말입니다.

이용악 시에 그려진 대체적인 여인상은, 다정다감한 청년으로 하여금 아름다운 소녀에 대한 그리움과 열병을 앓게 하는 대상으로서의 외로운 영혼의 이미지가 아니라, 영혼의 처녀성이 훼손당한 시대에 처절하게 불행했던 조선 여인에 대해 형언할 수 없이 연민과 각성을 환기하는 이미지입니다. 그가 그 당시에 이방의 땅으로 여인들이 팔려간 시대 현실을 그린 작품으로는, 「전라도 가시내」 외에도 「북쪽」과 「제비 같은 소녀야」 등이 있습니다.

자화상

서정주

애비는 종이었다. 밤이 깊어도 오지 않았다.
파뿌리 같이 늙은 할머니와 대추꽃이 한 주 서 있을 뿐이었다.
어매는 달을 두고 풋살구가 꼭 하나만 먹고 싶다고 하였으나……흙
으로 바람벽 한 호롱불 밑에
손톱이 까만 에미의 아들.
갑오년이라든가 바다에 나가서는 돌아오지 않는다 하는 외할아버
지의 숱 많은 머리털과
그 커다란 눈이 나는 닮았다 한다.

스물 세 해 동안 나를 키운 건 팔 할이 바람이다.
세상은 가도 가도 부끄럽기만 하더라.
어떤 이는 내 눈에서 죄인을 읽어 가고
어떤 이는 내 입에서 천치를 읽어 가나.
나는 아무 것도 뉘우치진 않으련다.

찬란히 틔어오는 어느 아침에도
이마 위에 얹힌 시의 이슬에는
몇 방울의 피가 언제나 섞여 있어
볕이거나 그늘이거나 혓바닥 늘어뜨린

병든 수캐마냥 헐떡거리며 나는 왔다.

* 대추꽃이 한 주 : 꽃이 핀 대추나무가. 한 그루.
* 풋살구 : 임신 초기의 입덧과 관련이 있는 시어 선택이다.
* 바람벽 한 : 벽을 만든. 이때의 바람은 '벽(壁)'의 고유어이다.

　암담하리만치 요절의 전조(前兆)가 엿보이는 시인의 내면 풍경이 엿보
이는 시입니다. 이 시의 화자가 자전적인 화자냐 극적 독백의 화자냐 하
는 쟁점이 예상되기도 하겠지만, 가족사의 모티프에서 비롯된 것은 틀
림없습니다. 시의 화자는 슬픈 영혼의 자화상입니다. 세상의 비웃음 속
에 시달린 이 자화상은 끝내 훼손된 세계상과 대면하였으리라고 봅니
다. 죽음의 땅과 다를 바 없는 식민 모국을 방황하며 고뇌하는 스물세
살의 청년은 피와 살이 뒤엉킨 격한 몸부림과 함께 정신적인 열기에 사
로잡혀 있었습니다.

　이 시를 두고 비평가 천이두(1972)는 망국의 젊은 시인이 고뇌하는 모
습이 뚜렷이 부각되어 있다고 했고, 시인 박제천(1989)은 파격적 서두,
황홀한 변증법, 놀라운 설득력, 고통의 연금술로 빚어진 수확으로 인해
서정주 신화의 진원지가 되었다고 했습니다. 이에 관해 저(1991)도 한때
다음과 같이 기술한 바 있었습니다. 참고하길 바랍니다.

　　청년기는 미혹에 흔들려 마음의 평정을 잃기 쉬우며 질풍노도와 같은 격정
　때문에 마성에 물들기 쉬운 열혈의 시기이다. 그렇다면, 그에게 있어서 '바람'
　은 젊은 날의 고뇌와 시련과 방황을 의미하며, '피'는 열병처럼 앓던 그 무수한
　격정의 나날 속에서 얻었으리라 짐작되는 고향상실증이다. 이 마음의 병은 화
　자의 부끄러움이 반영된 정신적인 고아의식, 생득적인 죄의식이며, 그것은 바
　로 부(父) 의식의 상실에서 기인하는 것이다.

　이 시를 쓴 시인 서정주는 바람의 시인입니다. 바람은 운명의 대물림
이지요. 외할아버지로부터 부여받은 업(業)의 상속이에요. 그의 바람기
는 열기와 광기를 동반합니다. 이 시가 명시 중의 명시인 것은 사실이지

만, 이 열기와 광기로 인해 초장(初場)부터 문장이 매우 불안해 보이고 있습니다. '대추꽃이 한 주'는 '꽃이 핀 대추나무 한 주'를 가리키고 있으며, '흙으로 바람벽 한 호롱불'은 '흙벽으로 만든 방 속의 호롱불'을 말하고 있습니다.

이 시에 드러난 '갑오(甲午)년'을 두고, 일부의 논자들은 갑오경장이니 갑오년의 동학혁명이니 하면서 역사적 맥락과 관련시켜 보려고 했으나, 이는 지나친 해석에 지나지 않습니다. 그도 그럴 것이 원전(『시건설』, 1939, 10)에 '갑술(甲戌)년'으로 표기되어 있는 걸로 보아서 그것이 단순한 시간 개념에 불과하기 때문입니다.

시인 서정주는 첫 시집 『화사집』(1941)에서 시대적인 고통의 삶에 의해 훼손된 자기상을 소위 '그로테스크 리얼리즘'으로 전율스럽게 묘파했습니다. 예를 들면, 이 시집에서 보여준 것은 큰 슬픔으로 태어난 징그러운 뱀, 해와 하늘빛이 서러운 문둥이 등의 모습입니다. 여기에 인용한 시편 「자화상」에서, 시인은 '헐떡거리는 병든 수캐'로 완성합니다. 시적 화자의 자화상은 그 시대 시인의 자화상이기도 하지요. 이런 시인이 친일을 했다는 사실이 아무래도 믿기지 않을 정도입니다. 차라리 헐떡거리는 병든 수캐로 웅크리고 앉아 한 시대를 견뎌내었더라면, 어땠을까, 합니다. 역사는 가정이 없죠. 시대를 향해 공연히 짖어대다가 시대의 분위기에 이끌려 간 것이 못내 아쉽네요. 시인이 개인적으로 제 은사님이셔서 더욱 아쉽습니다.

천상으로부터 저주받고 또 지상으로부터 버림받은 엽기적인 형상의 자화상, 원죄와 천형(天刑)을 자인한 시인의 자화상은 통과제의 중에서도 '격리'에 해당합니다. 시편 「자화상」을 발표할 무렵부터, 세상 사람들은 시인 서정주를 가리켜 '조선의 비용(F. Villon)'이라고 비유했습니다. 이런 세평이 있기까지, 파문·유형·방랑 등으로 점철된 생애를 살다간 15세기 프랑스 시인 비용의 파란곡절이 하나의 전례가 되었겠지요. 시인 사제인 비용이 가톨릭으로부터 결국 파문되었듯이, 현재 동국대학교의 전신이었던 중앙불교전문학교 출신의 서정주도 불교에 입문하려다 좌절되기도 했었지요.

바다

서정주

귀 기울여도 있는 것은 역시 바다와 나뿐.
밀려 왔다 밀려가는 무수한 물결 위에 무수한 밤이 왕래하나,
길은 항시 어데나 있고, 길은 결국 아무 데도 없다.

아—반딧불만한 등불 하나도 없이
울음에 젖은 얼굴을 온전한 어둠 속에 숨기어 가지고……너는,
무언의 해심에 홀로 타오르는
한낱 꽃 같은 심장으로 침몰하라.

아—스스로의 푸르른 정열에 넘쳐
둥그런 하늘을 이고 웅얼거리는 바다,
바다의 깊이 위에
네 구멍 뚫린 피리를 불고……청년아.
애비를 잊어버려,
에미를 잊어버려,
형제와, 친척과, 동무를 잊어버려,
마지막 네 계집을 잊어버려,

알라스카로 가라, 아니 아라비아로 가라,

아니 아메리카로 가라, 아니 아프리카로
가라, 아니 침몰하라. 침몰하라. 침몰하라!
오─어지러운 심장의 무게 위에 풀잎처럼 흩날리는 머리칼을 달고
이리도 괴로운 나는 어찌 끝끝내 바다에 그득해야 하는가.
눈 떠라. 사랑하는 눈을 떠라……청년아.
산 바다의 어느 동서남북으로도
밤과 피에 젖은 국토가 있다.

알라스카로 가라!
아라비아로 가라!
아메리카로 가라!
아프리카로 가라!

* 항시 어데나 : 항상 어디에나.
* 무언의 해심에 : 바다의 말없는 한가운데에.
* 스스로의 : (원)스스로히.

이 시는 1939년 9월에 발표된 시입니다. 발표된 잡지는 『사해공론』이구요. 마성에 물들기 쉬운 청년기의 질풍노도와 같은 격정을 적극적으로 잘 반영하고 있습니다. 이 시에서 시인이 노래한 바다는 하늘의 순리를 거스른 바다예요. 이 앞에 선 화자는 세속적인 인연의 사슬을 끊고 당시의 시대상을 격앙된 말투로써 뜨겁게 절규하고 있습니다.

바닷길은 어디에나 열려 있지만, 결국은 막혀 있습니다.

화자는 길이 막혀 있어서 탈출구를 마련하려고 몸부림을 치고 있습니다. 코끝에 스치는 비릿한 피 냄새와 귓가에 울리는 통곡의 메아리는 1930년대의 시대적인 상황이었습니다. 이러한 현실에서, 화자는 출가하려는 구도자의 모습으로 무언가 결단을 감행하고자 합니다.

침몰하라! 다름 아닌 '침몰하라'는 것입니다. 이를 두고 실존적인 결단이라고 하지요. 현실에의, 자의식의 눈을 뜨려는 예언자적인 각성이 아닐 수 없습니다. 아무튼, 고통스럽게 세계를 인식하려는 절박한 경험을 보여줌으로써 무엇보다 숨 가쁜 감동의 현장으로 인도하는 작품입니다. 반복적인 말의 운용이 빚어내는 울림의 효과는 마치 장엄하고 강건한 교향악을 듣는 것과 같습니다.

혹자는 이 시가 일본 제국주의의 군사적인 팽창을 찬양하기 위해 쓴 친일시라고 비난하기도 한다죠? 이 시에서의 국토는 일본의 확장된 영토를 말한다구요? 여기에서의 침몰이 가미가제 특공대라고 생각지는 않겠지요? 어림도 없는, 참 모함 같은 얘기들입니다. 친일 예술이란, 일제에 의해 진주만 폭격 이후인 태평양 전쟁 시기에 주로 강요된 예술을 가리킵니다. 1939년이라면, 아직 그럴 시기가 아니잖아요?

남사당

노천명

나는 얼굴에 분칠을 하고
삼단 같이 머리를 땋아 내리는 사나이.

초립에 쾌자를 걸친 조라치들이
날라리를 부는 저녁이면
다홍치마를 두르고 나는 향단이가 된다.

이리하여 장터 어느 넓은 마당을 빌어
램프 불을 돋운 포장 속에선
내 남성이 십분 굴욕되다.

산 넘어 지나온 저 촌엔
은반지를 사주고 싶은
고운 처녀도 있었건만

다음날이면 떠남을 짓는
처녀야
나는 집시의 피였다.
내일은 또 어느 동리로 들어간다나.

우리들의 도구를 실은
노새의 뒤를 따라
산딸기의 이슬을 털며
길에 오르는 새벽은

구경꾼을 모으는 날라리 소리처럼
슬픔과 기쁨이 섞여 핀다.

* 분(粉)칠 : 흰 채색으로 화장한 일.
* 삼단 : 삼의 묶음. 숱이 많고 긴 젊은 여자의 머리카락을 주로 비유함.
* 초립에 쾌자를 걸친 : 풀갓을 쓰고 옛 전투복을 입은.
* 조라치 : 본디의 뜻은 절간의 잡일꾼, 혹은 조선시대 군대에서 나각을 불던 취타수. 여기에서는
  가열, 즉 일반 연희자의 한 사람으로서 나팔수를 가리킨다.
* 날라리 : 악기의 일종. 태평소 혹은 호적(胡笛)이라고 불린다.
* 향단(香丹)이가 된다 : 연희에서 여성의 역을 맡는다.
* 램프 : (원)람프. 우리말로 귀화한 명칭은 남포등이다. 석유를 넣은 작은 유리그릇에 심지를 넣
  어 불을 밝히는 양등(洋燈)을 말한다.
* 남성(男聲)이 십분 굴욕되다 : 남자 소리를 억지로 자제해 짐짓 여자의 목소리를 내다.
* 떠남을 짓는 : 헤어져야 하는.
* 집시 : 유럽에서 방랑 생활을 하는 족속(겨레붙이).

남사당은 남자만으로 구성된 유랑 연희 패거리를 말합니다. 남사당패의 놀이라는 특이한 소재를 선택해 삶의 비애감과 연분(緣分)의 무상함을 적절히 그려낸 이 시는, 일정한 이야기 틀을 갖추고 있어 여느 시와달리 독자에게 이채로운 흥미를 부여하고 있습니다.

우선 시적 화자는 시인 자신이 아닌 여장(女裝)한 남자입니다.

남사당패는 철저한 계급 사회로 구성된 집단이에요. 가장 정점에 패거리의 우두머리인 (연희단장) 꼭두쇠가 있습니다. 그 다음에 곰뱅이라는관리자가 있지요. 그는 공연 섭외, 숙식 책임, 돈 관리 등을 맡고 있지요.세 번째의 위상에는 연희 각 분야의 중간 관리자인 뜬쇠가 있죠. 남사당연희의 분야는

풍물 : 각종 악기 연주
버나 : 대접 돌리기
살판 : 땅재주
어름 : 줄타기
덧뵈기 : 탈놀음
덜미 : 꼭두각시놀음

과 같이 대체로 여섯 가지로 이루어져 있습니다. 뜬쇠는 이 분야의 전문리더라고 하겠습니다. 네 번째 위상인 가열은 각 분야의 일반 연희자를말합니다. 아마 남사당패 구성원의 절반을 차지할 만큼 수많은 구성원일 것입니다. 가장 낮은 계급은 삐리. 여장 수련생을 가리킵니다. 모든허드렛일을 도맡아 하고, 또 연희를 공연, 실행할 때 굴욕적으로 여장을하면서 여자의 목소리를 냅니다. 삐리는 심지어 남색(男色) 집단의 은밀

한 암동모, 즉 성적인 여성역을 맡기도 하지요. 물론 드문 경우이겠지만, 이 경우는 더욱 굴욕적이라고 하겠지요. 이 시의 화자는 남사당의 구성원 가운데 가장 낮은 위상의 삐리입니다.

노천명의 「남사당」은 여장한 사내의 삶의 애환과 비애감을 여성의 시각에서 관찰한 시예요. 여성 시인이 화자를 남성으로 설정한 경우는 유례가 거의 없습니다. 시인과 화자가 동일한 시점은, 고백적인 말투와 자전적인 경험을 드러낸다면, 이 시처럼 시인과 화자가 분리된 시점은, 허구적으로 극화된 대리 진술의 말맛을 느끼게 합니다. 여기에서 시인이 화자를 남자로 끌어들인 것은, 시인 자신이 남아가 귀한 집안에서 태어나 성장하는 과정에서 남장을 강요당했던 유년기 체험과 전혀 무관하지 않으리라고 짐작됩니다.

정처 없이 떠돌면서 연희를 업으로 삼는 시적 화자가 황홀한 축제의 여흥 속에 이룩한 깊은 밤의 사연은 낭만적입니다. 하지만 새벽이슬처럼 허망한 것일 수밖에 없을 만큼, 이 시의 집약된 분위기도 덧없고 감상적이에요. 이 시가 생산된 사회적 배경이나 시대 환경을 고려한다면, 경제적 사정에서 말미암은 유민들이 많았음에도 여기 남사당의 이미지는 세계와의 접촉 없이도 존재하는 분리적인 특성을 보여주고 있습니다. 시인은 남사당을 통해 떠도는 자의 비애감을 그렸지만, 시대 환경과 배치된, 그 고뇌의 흔적도 없는 사사로운 사연으로 환원하고 말았다는 데 한계가 없는 것도 아니지요. 즉, 시인에 의해 설정된 화자는 식민지 상황의 전형적 형상으로 떠오른 집단적 유민의 시련과 내력에 침묵하면서도 존재할 수 있었던 남사당패입니다.

요컨대, 이 시는 형식주의의 관점에서 볼 때 좋은 시인 게 틀림없을 뿐더러 흥미롭고도 좋은 특장들을 보여주고 있지만, 역사주의의 관점에서 볼 때는 재고의 여지도 없지 않습니다. 그 까닭은 진실한 삶의 경험에서 분리되어서겠지요. 삶의 모습이 공동체의 큰 틀을 이루지 못해 조각나 있거나, 삶의 의식이 뿌리를 내리지 못하고 떠다니고 있는 것이겠지요.

별 헤는 밤

계절이 지나가는 하늘에는
가을로 가득 차 있습니다.

나는 아무 걱정도 없이
가을 속의 별들을 다 헤일 듯합니다.

가슴 속에 하나 둘 새겨지는 별을
이제 다 못 헤는 것은
쉬이 아침이 오는 까닭이요,
내일 밤이 남은 까닭이요,
아직 나의 청춘이 다하지 않은 까닭입니다.

별 하나에 추억과
별 하나에 사랑과
별 하나에 쓸쓸함과
별 하나에 동경(憧憬)과
별 하나에 시와
별 하나에 어머니, 어머니,

어머님, 나는 별 하나에 아름다운 말 한 마디씩 불러 봅니다. 소학교 때 책상을 같이 했던 아이들의 이름과, 패, 경, 옥, 이런 이국 소녀들의 이름과, 벌써 아기 어머니 된 계집애들의 이름과, 가난한 이웃 사람들의 이름과, 비둘기, 강아지, 토끼, 노새, 노루, 프랑시스 잠, 라이너 마리아 릴케, 이런 시인의 이름을 불러 봅니다.

이네들은 너무나 멀리 있습니다,
별이 아슬히 멀 듯이.

어머님,
그리고 당신은 멀리 북간도에 계십니다.

나는 무엇인지 그리워
이 많은 별빛이 내린 언덕 위에
내 이름자를 써 보고,
흙으로 덮어 버리었습니다.

딴은 밤을 새워 우는 벌레는
부끄러운 이름을 슬퍼하는 까닭입니다.

그러나 겨울이 지나고 나의 별에도 봄이 오면
무덤 위에 파란 잔디가 피어나듯이
내 이름자 묻힌 언덕 위에도
자랑처럼 풀이 무성할 거외다.

이 시가 전체적으로 볼 때 산문적인 긴 호흡으로 읽히긴 하지만, 시상의 흐름이 유려한 것은 두말할 필요도 없고, 편지글과 같은 산문적인 느낌에도 불구하고, 언어의 율동이 마치 파도를 일으키는 것 같이 매혹적인 시라고 할 수 있겠습니다.

자, 보세요. 어머니를 부르면서 별 하나에 아름다운 말 한마디씩 불러보는 시인의 순정한 시심을. 그가 고향에서 조금 벗어난 중국인 소학교를 한 해 다닐 때 책상을 함께 했던 아이들의 이름과, 패(佩), 경(鏡), 옥(玉) 이런 이국 소녀들의 이름과, 벌써 애기 어머니 된 계집애들에 대한 추억 속의 이름과, 현지인들로부터 고려방자 즉 '커우리 펑즈'라고 천대를 받던 북간도 이주민들인 가난한 이웃 사람들의 이름과, 비둘기, 강아지, 토끼, 노새, 노루 등과 같이 보잘것없지만 소중한 것들을, 또한 프랑시스 잠이니 라이너 마리아 릴케이니 하는 시인의 이름들을, 시간(과거)과 공간(북간도)으로부터 단절된 별빛 아름다운 밤하늘로 소환하면서, 미래의 세계로 향해 기미의 촉수를 점차 더듬어가고 있습니다.

편지글 형식의 경건한 어조로써 표현된, 이 애조를 띤 자기 고백은 내성적인 자아의 발견과 막연한 그리움을 반영하고 있으며, 작은 것에도 아름다운 친화력을 부여하는 다감하고 자상한 일면은 가을밤에 고요히 침잠하는 애상적 분위기임에도, 시인은 이 시를 한껏 고조된 서정적 경지로 이끌고 있습니다. 백석의 시편 「흰 바람벽이 있어」에 보면, "하늘이 이 세상을 내일 적에 그가 가장 귀해 하고 사랑하는 것들은 모두 / 가난하고 외롭고 높고 쓸쓸하니 그리고 언제나 넘치는 사랑과 슬픔 속에 살도록 만드신 것이다. / 초생달과 바구지꽃과 짝새와 당나귀가 그러하듯이 / 그리고 또 '프랑시스 잠'과 도연명(陶淵明)과 '라이너 마리아 릴케'

가 그러하듯이"라고 쓰여 있듯이, 본·적 없는 미지의 선배 시인의 이 작품을 읽었던 듯합니다. 잠과 릴케의 부분에 공감을 받았던 것 같아요. 서정시의 높은 경지란, 백석과 윤동주의 경우처럼 평범한 사물에도 깊은 애정의 눈길을 보내는 일이지요. 잠과 릴케에 호의를 갖고 수용하고 있는 것도 두 사람의 흥미로운 일치점이라 하겠습니다.

마지막 3연이 시편 「별 헤는 밤」의 주요한 부분입니다.

창씨개명이 윤동주의 삶에 큰 영향을 끼쳤는데 한동안 주로 논의조차 하지 않았어요. 이 사실과 함께 이 시를 읽어야 한다고, 저는 생각해요. 나는 무엇인지 그리워 이 많은 별빛이 내린 언덕 위에 내 이름자를 써보고, 흙으로 덮어버렸습니다. 딴은(하기야) 벌레가 밤을 지새워 우는 이유는 부끄러운 이름을 슬퍼하기 때문입니다. 이 부끄러운 이름이 바로 창씨개명의 '히라누마 도츄'입니다. 자, 벌레들은 어떻게 웁니까? 매미는 맴 맴 맴, 귀뚜라미는 귀뚤 귀뚤 귀뚤, 쓰르라미는 쓰르르 쓰르르 운다고 합시다. 자기 이름이 부끄럽기 때문에, 자신의 부끄러운 이름 때문에, 부끄러운 이름을 슬퍼하기 때문에, 벌레가 밤을 새워서 운다고 시인이 보는 겁니다. 그 역시 자신의 부끄러운 이름을 슬퍼하기 때문에, 벌레처럼 밤을 지새워 웁니다. 우는 소리도 도츄, 도츄, 도츄 하는 것처럼 말이에요. 요컨대, 부끄러운 이름이란, 두 달 후에 학교에 가서 신청할 '히라노마 도츄'라는 창씨개명될 이름을 말합니다. 윤동주의 창씨개명될 이름은 자신의 의지와 상관없이 미리 정해져 있었습니다. 윤이라는 성이 '히라누마'가 되는 건 파평 윤씨의 집안에서 이미 정해놓은 거고요, 동주가 '도츄'가 되는 건 일본식 발음으로 전환한 것에 지나지 않아요. 정확히 말해, 창씨는 맞지만 개명은 아니지요. 이렇게 일본식으로 바꾸지 않으면, 일본 유학을 할 수 없었어요.

철학의 오래된 한 흐름 가운데 유명론(唯名論)이라고 하는 게 있어요. 유명이란 '오로지 이름뿐'이란 말이에요. 그것을 이른바 '노미날리즘

(nominalism)'이라고도 칭하지요. 라틴어로 이름을 '노멘(nomen)'이라고 하니까, 이 두 단어는 같은 어원에서 비롯된 것이라고 보이네요. 유명론은 사물의 실재를 부정하는 철학이에요. 이것과 상대되는 철학이 실재론(實在論)인데, 이것의 시각에서 보면 유명은 사실상 허명(虛名)이니 명목이니 명분이니 하는 말에 지나지 않아요. 이름은 이름일 뿐인걸요. 사물의 이름이란, 단순한 이름에 지나지 않아요. 윤동주면 어떻고, 히라누마 도츄면, 또 어떻습니까? 존재(성)의 심연이 종요로울 따름이에요. 그래서 윤동주는 비애 금물, 즉 현실의 조건을 슬퍼하지 말자고 스스로 다짐했어요. 저 부끄러운 이름을 승화하면서 극복하기에 이른 거지요.

그러나 겨울이 지나고 나의 별에도 봄이 오면……이 대목에 숨은 뜻이 있어요. 잃어버린 내 나라의 땅에도 봄이 찾아오면, 우리 조국이 광복을 맞이하면, 이런 뜻이 강하게 내포되어 있겠지요. 무덤 위에 파란 잔디가 피어나듯이 내 이름자……이 대목의 내 이름자는 윤동주입니다. 일본식 이름인 히라누마 도츄에서 진짜 내 이름인 윤동주로 다시 돌아오는 것은 부활입니다. 그는 다시 올 봄을 통해 부활을 예감하고 있습니다. 내 이름자 묻힌 언덕 위에도 자랑처럼 풀이 무성할 거외다. 풀이 다시 돋아나서 이만큼 잘 자랐소, 마치 자랑이라도 하는 것처럼.

그런데 이 시의 내용을 보면 앞서 말했듯이 마지막 3연이 이 시의 핵심인데, 이 부분을 보면 자신의 사후(死後) 세계와 딱 맞아떨어져요. 마치 사후 세계를 예감이라도 하듯이, 죽고 난 다음에 무덤이 생기고, 무덤가에 '시인 윤동주의 묘'를 가리키는 한문 표기의 묘비가 세워지고, 겨울이 지나고 봄이 오고, 조국이 광복되면서 거기에 무성한 풀이 돋아나고……꼭 자기의 죽은 다음의 상황을 그대로 예감하는 것처럼 보여줍니다. 이걸 볼 때, 그는 예감 능력이 뛰어난 시인이었습니다.

제3부 시대의 아픔을 노래하다

논개

변영로

거룩한 분노는
종교보다도 깊고
불붙는 정열은
사랑보다도 강하다.
아, 강낭콩보다도 더 푸른
그 물결 위에
양귀비꽃보다도 더 붉은
그 마음 흘러라.

아리땁던 그 아미(蛾眉)
높게 흔들리우며
그 석류 속 같은 입술
죽음을 입맞추었네!
아, 강낭콩보다도 더 푸른
그 물결 위에
양귀비꽃보다도 더 붉은
그 마음 흘러라.

흐르는 강물은

길이길이 푸르리니
그대의 꽃다운 혼(魂)
어이 아니 붉으랴.
아, 강낭콩보다도 더 푸른
그 물결 위에
양귀비꽃보다도 더 붉은
그 마음 흘러라.

타닥, 탁, 타닥타닥 탁, 타닥…….

3·1운동이 일어나기 직전이었습니다. 9시가 지난 깊은 밤에 매일 같이 YMCA 건물 지하실에서 타자기를 두드리는 청년이 있었습니다. 한문과 영어가 능통한 스물한 살의 청년인 변영로. 그는 아주 비밀스럽게 입수한 기미독립선언서를 영어로 옮기는 작업을 조심스레 하고 있었습니다. 그는 한 보름에 걸쳐 완성된 이 영문의 선언서를 외국인 선교사들을 통해 해외로 반출하는 데 공헌하였지요. 우리의 확고한 독립 의지를 만방에 알린 거예요.

수주 변영로. 한 시대를 풍미한 술꾼으로 유명하고, 일제강점기에 끝까지 지조를 지킨 몇 되지 않은 지식인으로 알려진 인물입니다.

우리나라 사람이면, 물론 논개를 모르지 않습니다. 제가 오래 전에 금강산에 갔을 때 지루해하는 북한군 병사가 저에게 말을 걸더군요. 어디에서 오셨나요? 머언 진주에서 왔지요. 그랬더니, 아 논개가 순국한 진주 말이죠, 하고 되물어요. 난 그때 북한 사람들도 논개를 아는구나, 하고 생각했지요.

진주 기생 논개.

미천한 신분으로서 나라의 어려움을 당해 자신의 목숨을 희생한 것이 더 훌륭합니다. 논개가 '의로운 기생'인 것은 조선시대의 국가가 공인했습니다. 후인들은 사대부의 부실로 윤색하는 부질없음과 역사 왜곡의 어리석음을 스스로 범하려 하고 있기도 합니다.

진주는 예로부터 산과 물이 둘러싼 '산하금대(山河襟帶)'의 입지를 갖춘 전형적인 삶의 터전이었습니다. 전통적인 인문지리학의 관점에 의하면 진주의 산은 사람들의 깃이 되었고, 진주의 물은 그들의 띠가 되었지요. 진주의 남강은 지금도 흐릅니다. 남강, 의암, 촉석루, 의기사는 논개의 슬프고도 의로운 사연이 스며있는 곳입니다. 이 장소성의 의미는 적잖은 그림과 숱한 시에 드러나 있어요.

조선 말기 한국화의 화려한 대미를 장식한 화가는 심전(心田) 안중식(安中植 : 1861~1919)이었습니다. 그는 나라를 빼앗긴 3년 후에 비단에 수묵담채로 그린 그림인 「촉석루도」(1913)를 그렸지요. 실경 산수화라기보다 관념 산수화인 이 그림은 논개의 사적을 잘도 관념화한 거예요. 시인 변영로는 일제강점기의 명시로 손꼽히는 「논개」를 『신생활(新生活)』(1922, 4)에 발표하였으며, 또 이 시를 자신의 시집 『조선(朝鮮)의 마음』(1923)에 실었습니다. 낭만적 민족주의의 성향이 강한 작품이에요.

무엇보다 후렴구가 인상적입니다. "아, 강낭콩꽃보다도 더 푸른/그 물결 위에/양귀비꽃보다도 더 붉은/그 마음 흘러라."에서 보여주듯이, 푸른색의 대비로 나타난 '붉음'의 이미지가 아주 강렬합니다. 이 '푸름'과 '붉음'의 원색적인 대비 이외에도 분노와 정열(제1연), 아미(娥眉)와 입술(제2연), 강물과 붉은 혼(제3연) 등의 물성(物性) 대비도 매우 적절해 보입니다. 이 시에서 후렴구가 노래처럼 세 차례 반복되고 있는 것은 시인 스스로가 자신의 시심이 노래처럼 불리기를 바라기 때문으로 보여요.

강낭콩은 중국 양자강 남쪽 지역인 소위 강남(江南)에서 유래된 콩이지요. 그런데 진주를 가로지르는 남강 역시 강남이라고 합니다. 우리나라 최초의 대중가요인 「강남달」(1926)이란 노래가 있습니다. 영화의 제목이기도 한 이 '강남달'은 '남강의 달'을 의미하는 것이지요. 그래서 강낭콩꽃은 진주 남강을 비유한 말이 되는 겁니다. 또 푸르다는 점에서는 청사(靑史)이기도 하지요. 반면에 양귀비꽃은 애국심 혹은 붉을 단(丹) 자의 일편단심을 가리키죠. 비유적인 수사와 상징의 표현을 동원하여 시인의 열정을 다스리면서 정서의 과도한 노출을 절제하고 있는 가운데, 나라 잃음에 적극적으로 맞서는 열광적인 관념의 토로 역시 이 시를 읽는 우리가 놓쳐서는 안 되는 장처와 미덕이 아니겠어요?

아미(娥眉)란 말을 아십니까? 미인의 눈썹을 가리키는 예스런 표현이에요. 시인에게 있어서의 논개는 연인의 감정으로 빚어진 민족적인 마음의 표상(화)입니다. 이상화의 저 '마돈나'도 마찬가지예요. 일제 강점 하에서의 논개 찬미는 다른 시대와 차원을 달리합니다. 그 자체로 저항의 불꽃을 타오르게 하는 시정신의 심지라고 하겠지요. 시인 변영로에게 있어서 시를 쓴다는 행위는 자신의 시집 제목처럼 조선의 마음, 즉 그 당시에 애국주의의 심상적인 표현인 '조선심(朝鮮心)'의 발현이라고 하겠습니다.

마지막으로, 군말을 남길 게요. 서울 출신인 변영로가 논개의 사적을 알게 되고 또 관심을 갖게 된 데는 진주 강씨인 어머니의 영향이라고 짐작되기도 해요. 옛날 분들은 관향(본관)을 자신의 고향으로 여기는 경향이 강했어요. 안중식의 수묵담채화 「촉석루도」와 변영로의 서정시 「논개」는 관념론적인 애국주의의 예술적인 승화로 기억되어야 합니다. 논개의 사적은 제가 재직하고 있는 근무지에서 가깝게 자리하고 있습니다. 그 명작의 현장에 많은 분들이 다녀갔으면 합니다.

빼앗긴 들에도 봄은 오는가

이상화

지금은 남의 땅─빼앗긴 들에도 봄은 오는가?

나는 온몸에 햇살을 받고,
푸른 하늘 푸른 들이 맞붙은 곳으로,
가르마 같은 논길을 따라 꿈속을 가듯 걸어만 간다.

입술을 다문 하늘아, 들아,
내 맘에는 나 혼자 온 것 같지를 않구나!
네가 끌었으냐, 누가 부르더냐. 답답워라. 말을 해 다오.

바람은 내 귀에 속삭이며,
한 자국도 섰지 마라, 옷자락을 흔들고.
종다리는 울타리 너머에 아씨같이 구름 뒤에서 반갑다 웃네.

고맙게 잘 자란 보리밭아,
간밤 자정이 넘어 내리던 고운 비로
너는 삼단 같은 머리를 감았구나. 내 머리조차 가뿐하다.

혼자라도 가쁘게나 가자.

마른 논을 안고 도는 착한 도랑이
젖먹이 달래는 노래를 하고, 제 혼자 어깨춤만 추고 가네.

나비, 제비야, 깝치지 마라.
맨드라미, 들마꽃에도 인사를 해야지.
아주까리기름을 바른 이가 지심매던 그 들이라 다 보고 싶다.

내 손에 호미를 쥐어 다오.
살진 젖가슴과 같은 부드러운 이 흙을
발목이 시도록 밟아도 보고, 좋은 땀조차 흘리고 싶다.

강가에 나온 아이와 같이,
짬도 모르고 끝도 없이 닫는 내 혼아,
무엇을 찾느냐, 어디로 가느냐, 웃어웁다, 답을 하려무나.

나는 온몸에 풋내를 띠고,
푸른 웃음, 푸른 설움이 어우러진 사이로,
다리를 절며 하루를 걷는다. 아마도 봄 신령이 지폈나 보다.

그러나, 지금은—들을 빼앗겨 봄조차 빼앗기겠네.

* 가르마 : 이마에서 정수리까지의 머리카락을 양쪽으로 갈랐을 때 생기는 금.
* 답다워라 : (원)답답워라. 답답하여라.
* 종다리 : (원)종조리. '노고지리'를 '노고저리'라고 하는 데서 받은 영향?
* 너머에 : (원)넘의. '넘(너미)'은 방언형으로 보인다.
* 깝치지 : 재촉하지. 혹은 까불지.
* 맨드라미 : '민들레'의 방언형. 일반적인 의미의 '맨드라미'는 아니다.
* 들마꽃 : 들판의 메꽃이거나, 들(入)마을, 즉 동구(洞口)의 꽃이 아닌가, 한다.
* 지심매던 : 김매던. 잡초를 솎아내던.
* 시도록 : 시리도록. 한편 '강한 빛을 받아 눈이 부시어 슴벅슴벅 찔리는 듯하다.'의 뜻을 가진
  '시다'도 있다.
* 짬 : 일하는 겨를, 전후 사정, 시대감각 등 여러 가지로 해석된다.
* 풋내 : 풀 냄새, 혹은 설익은 냄새.
* 봄 신령에 지폈나 보나 : (화자에게) 봄 신령으로부터 신이 내려서 미래를 예감하는 신통한 힘
  이 생겼음을 뜻한다.

이상화는 『개벽』(1926. 6) 지에 「빼앗긴 들에도 봄은 오는가」를 발표함으로써 어두운 식민지 시대에 한국 저항시의 횃불잡이가 되었고, 상화(尙火)라는 그의 필명에서도 명시되어 있는 것처럼, 그는 불꽃처럼 타오르는 뜨거운 불과 같은 정신을 숭상한 시인으로 우리에게 깊이 각인되어 왔습니다. 한마디로 말해, 이 시는 한 시대에 불을 숭상한 시인이 쓴, 불꽃과 같은 서정시라고 아니할 수 없습니다.

빼앗긴 조국의 들녘에도 봄은 왔건만, 독립의 봄기운은 감돌지 않고 있다는 거예요. 나라는 망해도 강토는 여전하고 조국 산천의 초목에도 봄이 깊다고 하던 두보의 시 「춘망(春望)」 첫머리에 엿보인 망국의 감회와 비슷합니다. 상징과 비유 등의 갖가지 문학적 장치를 동원함으로써 시인의 고조되는 감정을 잘 조절하고 있습니다. 전반적으로 감탄과 명령의 어조를 빚어내고 있다는 사실도, 순응할 수 없는 현실에 대한 강렬한 반발의 감정을 대신한 것입니다. 이러한 감정의 실타래 끝에 나라 잃은 지식인으로서 스스로 비웃는 심정이 드러나고 있습니다.

시대감각도 모르고 끝도 없이 이리저리 내달으면서 동요하는 내 영혼아……이 영혼은 물론 한심한 영혼이겠죠. 무엇을 찾느냐, 어디로 가느냐, 우습다, 응답을 하려무나. 시인의 이 외침에는 자신에게로 향한 시대의 응답이 담겨 있습니다. 앞으로의 전망에 관해 응답 없는 현실을 답답해하며 자신을 비웃적거리는 화자는, 스스로 시대의 동향도 모르며 끝없이 방황하는 외로운 영혼임을 깨닫습니다. 다만, 모든 민족이 동참할 수 없는 시대 현실이기에, 잃어버린 조국 강토를 혼자라도 숨 가쁘게 걷고 싶은 마음뿐이에요. 온몸에 풋내를 띠고 봄의 푸름에 흠씬 젖어 있는 화자는 지식인의 정신적 불구 의식을 상징하는 다리를 절면서, 웃음과 설움이 푸르게 어우러진 보리밭 사이로 넋 없이 하루를 걷는군요.

그런데 우리는 이 시에서 지나치게 내용의 문제에만 생각이 기울어져 있는 게 아닌가, 해요. 형식적인 문제도 풀어야 하지요. 아직까지도 해결되지 않은 구절이 있어요. 다음의 표현을 보세요.

맨드라미, 들마꽃에도 인사를 해야지.

여기에서의 맨드라미는 우리가 알고 있는 맨드라미가 아닌 게 확실합니다. 맨드라미는 7, 8월에 피기 때문에, 이 시의 계절적 배경이 되는 이른 봄과 뭔가 서로 맞지가 않습니다. (시인은 원문에 '맨드램이'라고 적었어요.) 그렇다면 이 시의 맨드라미는 야생초인 민들레라고 봐야 해요. 이것은 지방에 따라서 맨들래, 멈들레, 문들레, 머슴들레, 모슴둘레, 민들내리 등 스무 가지 이상의 변이형이 있다고 하더군요. 이른바 '맨드라미'형 민들레의 가장 가까운 낱말은 경남 양산 지역어인 '민드레미'라고 보입니다. 그런데 조선어문연구부원들이 만든 『방언집(方言集)』(1937)에 의하면 민들레의 경북 방언형으로 '씬냉이, 둥글내'가 있다고 하나 맨드라미를 민들레로 지칭한다는 증거는 없군요. 대구 사람인 이상화가 비교적 가까운 양산 지역어에 영향을 받았을까요? 제가 오래 전에 보았던 미승우의 『잘못 전해지고 있는 것들』(1986)에 의하면, 들마꽃도 꽃 이름이 아니라고 확언합니다. 한동안 들마꽃을 두고 들에 피는 마꽃으로 생각했지만 계절이 서로 어긋난다는군요. 이 분의 말에 의하면, 마을을 가리켜 '마'로 줄여 쓰기도 한다지요. 이를테면, 산마(산마을), 들마(들마을), 아랫마(아랫마을), 윗마(윗마을)가 예로 들 수 있는 말이래요. 이런 시각에서 보자면, 문제의 문장은 이렇게 풀리게 되겠지요.

들마을의 꽃인 민들레에도 인사를 해야지.

문제가 확실하게 풀렸다기보다 좀 미진한 느낌이에요. 전 이렇게도 생각해요. 들마을은 한자어로 야촌(野村)이 아니라, 마을로 들어가는 첫머리가 아닐까요 해요. 그렇다면 한자어로는 동구(洞口)가 되겠습니다. 즉, 마을의 입구인 동구 앞에 핀 민들레에도 인사한다는 것이에요.

반면에, 들마꽃이 메꽃의 대구 방언형이라고도 하는 주장도 있어요. 제가 살펴본 책들에 의하면 말이죠, 어디에서 따왔는지 몰라도 다음의 설명에 기대고 있는 책들이 적지 않습니다. 메꽃에 대한 설명은 이렇습니다.

메꽃은 "메꽃과의 여러해살이 덩굴 풀로, 줄기는 가늘고 길며 다른 것에 감겨 올라간다. 잎은 어긋나고 타원형 피침 모양이며 양쪽 밑에 귀 같은 돌기가 있다. 여름에 나팔꽃 모양의 큰 꽃이 낮에만 엷은 붉은 색으로 피고 저녁에 시든다. 뿌리줄기는 '메' 또는 '속근근'이라 하여 약용하거나 어린잎과 함께 식용한다. 들에 저절로 나며 한국, 일본, 중국 등지에 분포한다.

하지만 들마꽃이 나팔꽃과 비슷하게 생긴 여름철의 메꽃은 아닌 것 같습니다. 분명히 말해, 계절의 배경이 달라서죠. 이 시의 언어는 이처럼 후세에 많은 논의를 남기기도 합니다. 시에 있어서 낱낱의 말이 무엇보다 더 섬세하고 민감하게 반응하는 언어이기도 하기 때문이지요.

그러면 형식에서 내용으로 또 다시 돌아가겠습니다.

시인 이상화는 이 시를 발표할 무렵에 영혼과 육체가 분리된 노래로서의 소위 '줄풍류'를 비판한 바 있었지요. 줄풍류란, 현악기로 연주되는 음풍농월을 말합니다. 한시를 짓고 시조를 읊조리면서 풍류를 일삼는 게 진정한 시가 아니라는 얘기죠. 글자 맞춤에 치중한 무력한 서정시는 현실을 개선시키지 못하기 때문이에요. 절름발이 노릇을 하는 시인은 참다운 시인이 아니요, 줄풍류만 일삼는 시는 진정한 시가 아니라는 거지요. 그는 '촛불로 날아들어 죽더라도 아름다운 나비'와 같은 시를 이미 꿈꾸었던 적이 있었지요. 촛불에 찾아드는 부나비의 황홀한 죽음과 같은 것. 시인의 자기희생이 전제된 환멸의 미학으로 드러나는 저항의 시심이 그 진정한 시를 잉태하는 것이겠지요.

눈이 내리느니

김동환

북국에는 날마다 날마다 눈이 내리느니.
회색 하늘 속으로 흰 눈이 퍼부을 때마다
눈 속에 파묻히는 하얀 북조선이 보이느니.

가끔 가다가 당나귀 울리는 눈보라가
막북강 건너로 굵은 모래를 쥐어다가
추위에 얼어 떠는 백의인의 귓불을 때리느니.

춥길래 멀리서 오신 손님을
부득이 만류도 못하느니.
봄이라고 개나리꽃 보러 온 손님을
눈 발귀에 실어 곱게 남국에 돌려보내느니.

백곰이 울고 북랑성이 눈 깜박일 때마다
제비 가는 곳 그리워하는 우리네는
서로 부둥쳐안고 적성을 손가락하며 얼음 벌에서 춤추느니,

모닥불에 비치는 이방인의 새파란 눈알을 보면서
북국은 추워라 이 추운 밤에도

강 녘에는 밀수입 마차의 지나는 소리 들리느니.
얼음장 깔리는 소리에 쇠방울 소리 잠겨지면서.

오호, 흰 눈이 내리느니, 보얀 흰 눈이
북새로 가는 이사꾼 짐짝 위에
말없이 함박눈이 잘도 내리느니.

* 막북강(漠北江) : 고비사막 북쪽을 흐르는 강.
* 백의인(白衣人) : 우리나라 사람.
* 북랑성(北狼星) : 큰개자리별. 시리우스(sirius)
* 발귀 : '발구'의 함경도 방언. 마소가 끄는 운반용 썰매.
* 적성(赤星) : 밝은 별. 고유한 별 이름이 아닌 것 같다.
* 쇠방울 : 워낭. 소의 귀에서 턱 밑으로 늘여 단 방울.
* 북새(北塞)로 가는 이사꾼 : 북쪽 변방으로 향해 이사를 가는 유이민.

이 시는 『금성(金星)』(1924. 5)에 「적성(赤星)을 손가락질하며」라는 제목으로 발표되었다가, 이듬해 시집 『국경의 밤』에 수록될 때에 약간의 손질과 함께 제목도 「눈이 내리느니」로 고쳐졌습니다.

이 시는 우리 시사(詩史)에서 북방 정서의 계보에 속하는 작품입니다. 이 계보는 다소 우수와 침울함의 분위기를 드러내거나, 비애와 근심에 젖은 추억의 세계, 잃어버린 동심에 대한 애틋한 향수 등을 보여줘요. 백석과 이용악의 시 등이 이 계보에 포함된다면, 이것은 화사하고 명랑한 언어감각을 드러내거나, 중세기적인 선비 취향을 다분히 보여준 남도풍(風)의 시 세계와 상대적으로 구별된다고 하겠습니다.

북녘 변방의 겨울을 제재로 한 이 시는 뼈저리게 간고했던 그 시대의, 변방적인 혹은 유민적인 삶의 실상을 비극적으로 형상하고 있어요. 국경을 넘나드는 화자는 하얀 북조선(北朝鮮)이 보이는 이국땅이나, 아니면 변방의 고향 마을에 자리하고 있습니다. 시의 배경은, 새파란 눈알의 이방인을 미루어 볼 때 옛 소련의 연해주이거나, 혹은 시인의 고향인 함경북도 북단의 경성(鏡城)인 듯합니다.

북녘 변방으로 향해 떠나는 '이사꾼'이란, 유민을 말합니다. 이사꾼은 자주 이사하는 사람을 낮잡는 뜻으로 만들어진 낱말이에요. 요즘은 쓰지 않는 말이죠. 다시 말하면, 식민지 조국을 등지고 만주나 연해주로 여기저기로 이사를 하는 유민이 바로 이사꾼이에요. 이들의 심정은 제비 오가는 따뜻한 남국을 동경해요. 눈보라 휘날리는 혹독한 현실을 벗어나고 싶은 욕구라고나 할까요? 따뜻한 남쪽의 별자리를 손가락질하는 것은 따뜻한 어머니의 품과 같은 해방 조국에 대한 간절한 그리움을 머금고 있다고 볼 수 있지요.

　서로 부둥켜안고 얼음 벌에서 춤을 추는 공동체의 소망, 밀수입 마차 소리 들리는 강변, 북녘을 향한 실향민의 고뇌 등이 총체적으로 어우러진 분위기에 비극적 정서의 표상인 함박눈이 말없이 내립니다. 그런데 시인이 '오호(嗚呼)'라고 하는 감탄사를 마지막에 장식함으로써, 이 시는 한결 예스럽고 우아한 정취를 자아내고 있네요.

인종(忍從)

우리는 아기들, 어버이 없는 우리 아기들
누가 너희들더러, 부르라더냐.
즐거운 노래만을, 용감한 노래만을
너희는 아직 자라지 못했다, 철없는 고아들이다.

철없는 고아들! 어디서 배웠느냐.
'오레와 가와라노 가레 스스키' 혹은
철없는 고아들, 부르기는 하지만,
'배달나라 건아야, 나아가서 싸워라.'

아직 어린 고아들! 너희는 주린다,
학대와 빈곤에 너희들은 운다.
어쩌면 너희들에게 즐거운 노래 있을쏘냐?
억지로 '나아가 싸워라, 나아가 싸워라, 즐거워하라.'

이는 억지다.

사람은 슬픈 제 슬픈 노래 부르고,
즐거운 제 즐거운 노래 부른다.

우리는 괴로우니 슬픈 노래 부르자,
우리는 괴로우니 슬픈 노래 부르자.
그러나 조선(祖先)의 노래 있고야.

슬퍼도 즐거워도, 우리의 노래에 건전하고
사뭇 우리의 정신이 있고
그 정신 가운데서야 우리 생존의 의의가 있다.
슬픈 우리 노래는 가장 슬프다.

'나아가 싸워라, 즐거워하라.'가
우리에게 있을 법한 노랜가,
우리는 어버이 없는 아기어든.
부질없는 선동은 우리에게 독이다.
부질없는 선동을 받아들임은
한갓 술에 취한 사람의 되지 못할 억지요,
제가 저를 상하는 몸부림이다.

그러하다고, 하마한들, 어버이 없는 우리 고아들
'오레와 가와라노 가레 스스키'지 말라,
이러한 노래를 부를 것가, 우리에게는
우리 조선(祖先)의 노래 있고야.
우리는 거지 맘은 아니 가졌다.

우리 노래는 가장 슬프다,
우리는 우리는 고아지만
어버이 없는 아기어든,

지금은 슬픈 노래 불러도 죄는 없지만,
즐거운 즐거운 체 노래 부른다.
슬픔을 누가 불건전하다고 말을 하느냐,
좋은 슬픔은 인종이다.

다만 모든 치욕을 참으라, 굶어 죽지 않는다!
인종은 가장 덕이다,
최선의 반항이다
아직 우리는 힘을 기를 뿐.
오직 배워서 알고 보자.
우리가 어른 되는 그날에는,
자연히 싸우게 되고,
싸우면 이길 줄 안다.

* 오레와 가와라노 가레 스스키 : 나는야 강기슭의 시들은 갈대.
* 배달나라 건아 : 우리나라의 건강하고 씩씩한 사내.
* 가장 덕 : 미덕. 가장 아름다운 덕. '아름다운'이 탈자일 수도 있다.

　김소월의 시편 「인종」은 지금으로부터 40년 전에 조악한 상태의 원고
지로 발굴된 시입니다. 시인 김수영의 표현을 빌리자면, 일제강점기에
있어서의 소위 '서랍 속의 불온시'라고 할 수 있겠지요. 보다시피, 상당
히 강도가 높은 저항시라고 하겠지요. 각별한 정치적인 질감이 반영된
시라고 하겠네요.

　이 시의 텍스트를 확정하는 데 어려움이 적지 않았습니다. 그 동안 서
지학자들이 노력을 기울였지만, 미진한 부분이 있어 이 시의 텍스트성
을 국문학자 오하근이 재검토했습니다. 저는 이 오하근이 제시한 모형
을 바탕으로 논리적으로 맞지 않는 부분을 조금 손질한 후에 현대어 표
기법과 띄어쓰기에 염두에 두어 저만의 텍스트인 정본(定本)을 만들어
보았습니다. 물론, 저의 것 역시 온전히 만족할 만한 정본이라고는 볼 수
없습니다. 하물며 이 시편의 유일한 원고조차 확인할 수가 없지 않습니
까? 또, 누가 소유하고 있는지도 모르구요.

　이 시의 본문에는 두 개의 노래가 나오는군요.

　하나는 일본 노래입니다. 원고에 표기된 부분은 'オレハ河原ノ枯ススキ'입니다. 이를 우리말로 읽으면, '오레와 가와라노 가레 스스키'예요.
뜻은 '나는야 강기슭의 시들은 갈대'이지요. 일본에선 옛날에 강기슭을
하원(河原)이라고 표기했나 봐요. 우리는 보통 강안(江岸)이라고 하죠. 이
노래는 일본의 근대 민요풍의 노래라고 보면 됩니다. 제목은 '센토고우
타(船頭小唄)'……이를테면 뱃머리에서 부른 (옛)노래라는 뜻이지요. 이
노래는 극히 단순한 (요나누키) 5음계로 된 애상적인 노래예요. 내용은

실연을 주제로 한 것이지요.

> 나는야 강기슭의 시들은 갈대
> 그대도 나와 같이 시들은 갈대
> 어차피 우리 둘은 이 세상에서
> 꽃으로 피지 못할 시들은 갈대

　일본 전통 시가에서 흔히 보는 미의식이 담겨 있습니다. 일본의 예술에는 소위 '가레타노 비' 즉 시듦의 미학이란 게 있어요. 무상감의 표현이랄까요. 글쎄, 이 노래가 1924년 관동대지진 이후에 일본에서 엄청나게 불렸어요. 자연의 대재앙 이후에 일본 사회를 휩쓴 염세적인 시대의 분위기 때문이랄까요? 이것이 식민지인 우리나라에도 큰 영향을 미쳤어요. 번안 창가 「시들은 방초(芳草)」가 바로 이 노래인 것입니다. 그 당시의 우리나라 사람들은 번안곡에만 만족하지 않았죠. 일본어로 된 원곡도 마구 불렀어요. 사람들이 이 노래를 얼마나 불렀으면, 김소월이 시편 「인종」에서 두 차례나 이 노래를 부르지 말라고 하였겠어요? 이런 유의 왜색(倭色)의 노래가 이식되면 정신적인 굴종을 뜻하는바, 일본에 붙어서 빌어먹는 '거지와 같은 마음'이 생긴다는 사실을 알았던 거죠. 우리에게는 우리 조상들이 불러온 노래가 있다는 거예요. 시조나 민요나 잡가에 사뭇 우리의 정신이 있고, 생존의 의의가 있다는 거예요.

　이밖에도 부르지 못하게 한 노래가 또 있네요. '배달나라 건아야, 나아가서 싸워라.'나 '나아가 싸워라, 나아가 싸워라, 즐거워하라.'의 내용이 담긴 노래. 이 노래는 미상입니다. 투쟁을 선동하는 무슨 혁명군가가 아닌가, 해요. 김소월은 지금 우리가 고아인데 무슨 건아(健兒)냐고 합니다. 건아는 건강하고 씩씩한 사내를 말하는 건데 사실은 혁명 투사예요.

김소월은 무조건 싸운다고 다 이기는 건 아니라고 보는 거지요. 그는 현실을 똑 바로 직시하라는 겁니다.

김소월의 정치적인 관념은 투쟁론보다 준비론을 지향하고 있습니다. 우리의 조선은 급진적으로 바꿀 수가 없고 개인의 수양이나 인재의 양성이나 나라간의 외교를 통해 점진적으로 개량되어갈 수 있다고 보았어요. 안창호, 이승훈, 조만식 등의 서북 지방의 지사들이 펼친 사상적인 영향의 결과라고 봐요. 특히 그는 조만식을 가장 존경하는 스승으로 생각하지 않았습니까? 이를 두고 볼 때, 그는 정치적으로 사회주의자라기보다 민족주의자라고 할 수 있겠습니다.

김소월의 시 가운데 가장 명시적인 저항 의식 및 민족의식을 드러낸 「인종」에서는, 심히 불안한 형식과 매우 거친 호흡에도 불구하고, 한 시대의 어려움을 참고 견뎌내면서 후일을 기약해야 한다는 시인으로서의 자신만의, 정치적인 메시지를 던지고 있었던 것입니다. 하지만 검열로 인해 독자가 없었지요. 이 시가 그에겐 독백의 메시지여서 참 아쉬웠을 것입니다.

이한(離恨)

홍사용

밥 빌어 죽을 쑤어서
열흘에 한 끼 먹을지라도
바삐나 돌아오소.
속 못 채는 우리 님아
타는 애 썩는 가슴도
그동안 벌써 아홉 해구려.
내 나이 서른이면
어레먹은 삼 잎이라.
아무려나 죽더라도
임자의 집 귀신이라.
봄풀이 푸르러지니
피리소리 어찌나 들으려오.
동지섣달 기나긴 밤을
눈물에 젖어 드새울 적에
마음을 다스리고
이를 갈며 별렀어요.
꿈마다 자로 갔던 길
머다사 얼마나 멀리.
설움이 앞을 서니

까마아득 주저앉소.
님의 별 어떤 별이뇨.
내 직성 하마 베틀할미.
은하수 마를 때까지
예 앉아서 사위려오.

* 속 못 채는 : 속마음을 알 수 없는.
* 어레먹은 삼 잎 : 벌레가 삼 잎을 갉아먹어서 구멍이 날 정도로 다소 오래된 나이라는 뜻.
* 드새울 : 지샐.
* 다스리고 : 추스르고.
* 별렀어요 : 다짐하면서 기다렸어요.
* 머다사 : 멀기야. 멀다고 해도.
* 내 직성(直星) 하마 베틀할미 : 내 나이에 따라 운수를 맡아보는 아홉 별 중에서 벌써 직녀성이 나의 운명을 알아보는 별이라는 뜻.
* 사위려오 : 빛이 점점 잃어간다는 뜻.

시집살이하던 아낙네들이 부르는 노래가 오래 전래되어 왔지요. 이 시는 이와 관련된 4·4조 여성 민요의 변형입니다. 자수율에 그다지 의존하지 않았던 점도 이별의 한에서 비롯된 정서를 환기하는 사회역사적인 문맥과 연결되는 내용상의 측면이 있습니다. 4음보격으로 유장하게 흐르는 가운데 아홉 해가 지나도 되돌아오지 않는 남편과 얽힌 사연을 짐작할 수 있다는 점에서 행간에 서사성이 개입되어 있지요. 서사성이란, 바로 세계와의 불화와 갈등을 뜻하지요.

그러나 시의 끝마무리 지점에 이르러서는 서정시의 특성을 잘 드러내고 있어요. 자신의 처지를 직녀의 전설에 투사하면서 은하수가 마를 때까지 자기 소멸을 거부합니다. 이른바 서정적 몰입의 경지라고 말할 수 있겠지요. 즉, 미학적 개념으로는 감정이입이요, 심리학적 개념으로는 동일시입니다.

시의 화자인 서른 살의 여인은 베틀에 앉아 삼베, 무명, 명주 따위의 피륙을 짜고 있습니다. 베 짜는 여인을 시의 화자로 설정하고 또 베틀할미(직녀)라는 기층의 상상력 원형을 보여주고 있다는 점에서 이 시의 특징은 상당히 민속적, 민중적, 나아가 민족적이기까지 해요.

홍사용의 시편 「이한(離恨)」은 1938년에 발표된 시입니다. 하지만 1920년대 민요시의 연장이요, 후발적인 소산이지요. 이한은 일제 강점기 이농민의 한이자 가족 공동체 이산의 한입니다. 또는 개인의 생존에 부심하며 홀로 살아가고 있는 여인의 하소연 속에 짙게 배어있는 빈자의 포한이기도 합니다.

문학평론가인 최원식(1982)은 이 시가 이농민 아내의 관점을 빌려 식민지의 현실을 고통스럽게 노래함으로써 민요의 현장성에 한걸음 다가

섰다고 평한 바 있었지요. 또 그는 식민지 현실을 여실히 반영한 근대민
요 「애원성(哀怨聲)」과도 연관된다고 밝혔지요. 이 민요의 일부를 따오면
다음과 같습니다.

부령청진 간 낭군은
돈벌이 가구
공동묘지 간 낭군은
영 이별일세. 에.

(……)

빗길 같은 두 손을
이마에 얹고
님 행여 오시는가
바라를 본다. 에.

함경북도 무산에서 불렸다는 이 노래는 초기의 국문학자인 고정옥
(1949)에 의해 채록된 바 있습니다. 부령과 청진으로 돈벌이하려 간 남편
을 기다리는 아내의 이야기는 시편 「이한」의 아내와 다를 바 없습니다.
이 시의 텍스트 상호관련성을 굳이 살피자면, 이 외에도 멀리 백제의 가
요였던 「정읍사」와도 맥락이 닿습니다.

네거리의 순이

네가 지금 간다면, 어디를 간단 말이냐
그러면, 내 사랑하는 젊은 동무,
너, 내 사랑하는 오직 하나뿐인 누이동생 순이,
너의 사랑하는 그 귀중한 사내,
근로하는 모든 여자의 연인……
그 청년인 용감한 사내가 어디서 온단 말이냐

눈바람 찬 불쌍한 도시 종로 복판에 순이야
너와 나는 지나간 꽃피는 봄에 사랑하는 한 어머니를
눈물 나는 가난 속에서 여의었지
그리하여 너는 이 믿지 못할 얼굴 하얀 오빠를 염려하고,
오빠는 가냘픈 너를 근심하는,
서글프고 가난한 그늘 속에서도,
순이야, 너는 마음을 맡길 믿음성 있는 이곳 청년을 가졌었고,
내 사랑하는 동무는……
청년의 연인 근로하는 여자 너를 가졌었다.

겨울날 찬 눈보라가 유리창에 우는 아픈 그 시절,
기계 소리에 말려 흩어지는 우리들의 참새 너희들의 콧노래와

언 눈길을 걷는 발자국 소리와 더불어 가슴속으로 스며드는
청년과 너의 따뜻한 귓속 다정한 웃음으로
우리들의 청춘은 참말로 꽃다웠고,
언 밤이 주림보다도 쓰리게
가난한 청춘을 울리는 날,
어머니가 되어 우리를 따뜻한 품속에 안아주던 것은
오직 하나 거리에서 만나 거리에서 헤어지며,

골목 뒤에서 중얼대고 일터에서 충성되던
꺼질 줄 모르는 청춘의 정열 그것이었다.
비할 데 없는 괴로움 가운데서도
얼마나 큰 즐거움이 우리의 머리 위에 빛났더냐.

그러나 이 가장 귀중한 너 나의 사이에서
한 청년은 대체 어디로 갔느냐
어찌된 일이냐
순이야, 이것은……
너도 잘 알고 나도 잘 아는 멀쩡한 사실이 아니냐.
보아라, 어느 누가 참말로 도적놈이냐
이 눈물 나는 가난한 젊은 날이 가진
불쌍한 즐거움을 노리는 마음하고,
그 조그만 참말로 풍선보다 엷은 숨을 안 깨치려는 가지런한 마음
하고,
말하여 보아라, 이곳에 가득 찬 고마운 젊은이들아

순이야, 누이야

근로하는 청년, 용감한 사내의 연인아
생각해 보아라, 오늘은 네 귀중한 청년인 용감한 사내가
젊은 날을 부지런할 일에 보내던 그 여윈 손가락으로
지금은 굵은 벽돌담에다 달력을 그리겠구나.

또 이거 봐라, 어서.
이 사내도 네 커다란 오빠를……
남은 것이라고는 때 물은 넥타이 하나뿐이 아니냐.
오오, 눈보라는 트럭처럼 길거리를 휘몰아간다.

자 좋다, 바로 종로 네거리가 아니냐.
어서 너와 나는 번개처럼 두 손을 잡고,
내일을 위하여 저 골목으로 들어가자,
네 사내를 위하여
또 근로하는 모든 여자의 연인을 위하여……

이것이 너와 나의 행복된 청춘이 아니냐.

임화는 우리나라 사회주의 문학운동사에서 가장 상징적인 인물이었습니다. 왕성하게 시와 비평을 발표했고, 최초로 우리나라 신(新)문학사를 기술하기도 했지요. 시편 「네거리의 순이」는, 1929년 1월 『조선지광』에 발표되었다가, 그의 시집 『현해탄』(1938)에 다시 수록되면서 많은 손질이 가해졌습니다. 이 시의 성격은 「우리 오빠와 화로」, 「어머니」, 「우산 받은 요코하마의 부두」 등과 함께, 이른바 단편서사시의 계열에 속하지요.

이른바 임화의 단편서사시란, 당대 비평가 김기진(김팔봉)이 이름 붙인 용어예요. 물론, 이 시가 일정한 서사구조를 지닌 건 사실입니다.

이 시 속의 인물로는 설화자인 오빠와 그 누이동생 순이가 등장하지요. 등장의 배경은 종로 네거리입니다. 사건의 뼈대는, 가난한 오누이가 감옥에 간 근로 청년, 즉 누이의 연인인 용감한 사내를 생각하며 내일을 위해 꺼질 줄 모르는 청춘의 정열을 다짐하는 것입니다. 그것은 거리에서 만나 거리에서 헤어지며, 골목 뒤에서 중얼대고, 일터에서 충실해야 할 노동의 정열을 말하는 거예요. 다시 말하자면, 사사로운 오누이 관계를 넘어선, 노동과 노동 운동에의 동지적인 다짐 같은 것입니다. 이로써 시인은 한 편의 완결된 이야기를 꾸며냈고, 이 시를 읽는 독자는 문학청년적인 취향의 감상주의에도 불구하고 장편소설 못지않은 치열한 역사적 감동을 느낄 수 있지요.

이 「네거리의 순이」(1929)는 동일한 모티프로 반복되고 계열화된 일종의 연작시를 세 차례 생성합니다. 그 이후의 텍스트는

「다시 네거리에서」(1938)

「또 다시 네거리에서」(1945)

「서울」(한국전쟁기)

이 나왔습니다. 이 가운데 마지막 연작시인 「서울」은 잘 알려져 있지 않았는데 문학평론가 김윤식에 의해 발굴되어 소개된 바 있었습니다. 내용의 일부를 따오면 대체로 다음과 같습니다.

너는 지금 바람찬 눈보라 속에 무엇을 생각하며 어디 있느냐, 어지간히 백발이 된 아비를 생각하며 바람 부는 산속에 있는가, 가슴이 종이처럼 얇은 언제나 가슴앓이의 에미를 생각하며 해 저무는 들길에 서 있는가, 그리운 내 자식아······.

식민지 시대 최고의 (혁명적) 로맨티시스트였던 임화는 6·25의 와중에서도 이처럼 비정하고 처연했습니다. 어디 있느냐, 내 자식아. 그의 정치적 낭만은 자기 생애의 파란곡절이었어요. 인공(人共) 시절에 작곡가 김순남(金順男)이 곡을 붙인 그의 시 「인민항쟁가」는 북녘의 젊은이로 하여금 「바람이여 전하라」, 「너 어느 곳에 있느냐」 등을 외게 하면서 깊은 죽음의 늪으로 몰려가게 했습니다.

하지만 한국전쟁이 끝나자마자, 임화는 남로당을 정치적으로 제거하려던 북의 실권자 김일성에 의해 미국 제국주의 간첩이란 터무니없는 죄목으로 총살을 당하게 됩니다. 만주에서 남편의 처형 소식을 전해 듣고 달려온 아내, 소설가 지하련(池河連)은 시체마저 찾을 길 없었던 평양 거리를 치마끈이 풀어헤쳐진 것도 모른 채 울며 헤맸다고 해요. 정치적 낭만이 정치적 현실에 의해 냉엄하게 단죄된 비극적인 사례였지요.

해협의 로맨티시즘

임화

바다는 잘 육착한 몸을 뒤척인다.
해협 밑 잠자리는 꽤 거친 모양이다.

맑게 갠 새파란 하늘
높다란 해가 어느새 한낮의 커브를 꺾는다.
물새가 멀리 날아가는 곳,
부산 부두는 벌써 아득한 고향의 포구인가.

그의 발 밑.
하늘보다도 푸른 바다.
태양이 기름처럼 풀려,
뱃전을 치고 뒤로 흘러가니,
옷깃이 머리칼처럼 바람에 흩날린다.

아마 그는
일본 열도의 긴 그림자를 바라보는 게다.
흰 얼굴에는 분명히
가슴의 로맨티시즘이 물결치고 있다.

예술, 학문, 움직일 수 없는 진리……
그의 꿈꾸는 사상이 높다랗게 굽이치는 동경(東京),
모든 것을 배워 모든 것을 익혀,
다시 이 바다 물결 위에 올랐을 때,
나는 슬픈 고향의 한밤,
해보다도 밝게 타는 별이 되리라.
청년의 가슴은 바다보다 더 설레었다.

바람 잔 바다,
무더운 삼복의 고요한 대낮,
이천오백 톤의 큰 기선이
앞으로 앞으로 내닫는 갑판 위,
흰 난간 가에 벗어젖힌 가슴,
벌건 살결에 부딪치는 바람은 얼마나 시원한가.

그를 둘러싼 모든 것,
고깃배들을 피하면서 내뿜는 고동 소리도,
희망의 항구로 들어가는 군호 같다.
내려앉았다 떴다 넘노니는 물새를 따라,
그의 눈은 몹시 한가로울 제
뱃머리가 삑 오른편으로 틀어졌다.

훤히 트이는 수평선은 희망처럼 넓구나.
오오 점점이 널린 검은 그림자,
그것은 벌써 나의 섬들인가.
물새들이 놀라 흩어지고 물결이 높다.

해협의 한낮은 꿈같이 허물어졌다.

몽롱한 연기,
희고 빛나는 은빛 날개,
우레 같은 음향,
바다의 왕자(王者)가 호랑이처럼 다가오는 그 앞을,
기웃거리며 지내는 흰 배는 정말 토끼 같다.

반사이! 반사이! 다이닛……
이등 캐빈이 떠나갈 듯한 아우성은,
감격인가? 협위인가?
깃발이 마스트 높이 기어 올라갈 제,
청년의 가슴에는 굵은 돌이 내려앉았다.

어떠한 불덩이가,
과연 층계를 내려가는 그의 머리보다도
더 뜨거웠을까
어머니를 부르는, 어린애를 부르는,
남도 사투리,
오오 왜 그것은 눈물을 자아내는가.

정말로 무서운 것이……
불붙는 신념보다도 무서운 것이……
청년! 오오, 자랑스러운 이름아.
적이 클수록 승리도 크구나.

삼등 선실 밑
둥그란 유리창을 내다보고 내다보고,
손가락을 입으로 깨물 때,
깊은 바다의 검푸른 물결이 왈칵
해일처럼 그의 가슴에 넘쳤다.

오오, 해협의 낭만주의여.

* 육착한 : 달라붙은.
* 홰 : 화톳불을 놓는 데 쓰는 싸리, 갈대 따위.
* 넘노니는 : 넘나들며 한가롭게 거니는.
* 반사이! 반사이! 다이닛…… : 만세! 만세! 대일(본)
* 협위 : 위협.

이 시는, 한국 시사 및 식민지 시인들의 정신 구조와 그 편향성을 살 피는 데 매우 상징적인 시집이라고 일컬어진 『현해탄』에 실려 있습니다. 현해탄은 한때 중요한 역사의 현장이었지요. 서구적 근대화의 물결이 밀려드는 길목이었고, 일본 제국주의의 세력이 밀물처럼 들어온 정신사 적 상흔의 현장이었지요. 선상의 위협적인 일본어 구호와, 도일하는 이 주민들의 사람 찾는 소리. 지식인 청년 화자에겐 이질적으로 들려오는 남도 사투리는 전남 방언일까요? 아니면, 부산 지역어일까요? 팔도에서 모여든 노동자들의 가족들이 삶의 끄나풀을 움켜잡으려고 부르짖는 소 리이겠지요. 그래서 청년의 마음은 착잡해요.

시인 자신의 직접적인 현장 체험을 통해 얻은 개인적 심리와 당시 도 일하는 청년 지식인들의 전형적인 심리를 동시에 반영한 이 시는, 문명 세계에 대한 동경과 현실적 좌절감 사이의 첨예한 모순에서 비롯된 애 수의 정조, 낭만주의에서 흔히 보는 환멸적 비애감을 잘 드러내고 있습 니다. 그것은 바다보다 더 설레게 하는 청년의 가슴과, 때로 굵은 돌이 내려앉는 것 같은 청년의 가슴 사이의 거리감에서 온 이른바 낭만적 아 이러니이지요. 낭만주의란, 도대체 무엇인가요? 이상과 현실의 틈새에 놓인 모순이랄까, 어긋남을 이원적으로 인식하는 사상적 주조가 아닌가 요?

이 시에 등장한 청년이 서구화된 선진 일본을 통해 우리의 자생력을 갖추어야 한다는 논리에 일방적으로 길들여질 때라면, 그는 정신적인 굴종을 감수해야 합니다. 한때 소위 현해탄 콤플렉스라고 말해진 개념 의 틀이지요. 반면에, 식민주의의 위협적인 구호와 가난한 기층민들의 사투리에 젖어든 감상에 심정의 반응을 일으킬 때 적이 클수록 승리도 크다는 무서운 저항적 신념을 품게 됩니다. 그 논리와 심정의 모순 속에서, 이와 같이 끝내 해협의 낭만주의는 잉태했던 것이로군요.

이 몸도 같이

지은이 미상

첫 햇발이 솟아온다 이 몸도 같이
묵은 옷 벗어놓고 새 갑옷 입고
일평생 같은 칼을 빗겨 들고서
용마 타고 두리둥둥 해마중 가자

첫 햇발이 솟아온다 이 몸도 같이
새 생각 큰 불길에 실어가지고
천만 섬 무거운 활을 메워들고서
용마 타고 두리둥둥 해마중 가자

첫 햇발이 솟아온다 이 몸도 같이
작은 정 베버리고 큰 날램 뽑아
붉은 맘 큰 깃발을 둘러메고서
용마 타고 두리둥둥 해마중 가자

첫 햇발이 솟아온다 이 몸도 같이
숙였던 허리 펴고 손 마주 잡고
끓는 피 내 젊음을 걸머지고서
용마 타고 두리둥둥 해마중 가자

* 햇발 : 사방으로 뻗친 햇살.
* 용마 : 매우 잘 달리는 훌륭한 말.
* 해마중 : 해맞이.
* 베버리고 : 베어버리고.

이 시는 동아일보 1930년 1월 11일자에 발표된 시입니다. '혈탄(血灘)'이라고 하는 필명으로만 발표되었기에, 지은이 미상의 시입니다. 필명의 뜻이 '피여울'이니 강단이 있는 분으로 여겨지네요.

이 시가 발표되기 이전에 동아일보 1930년 1월1일에 정노풍의 신년 기념시 「해마중 가자」가 발표됩니다. (정노풍은 인천 출신의 시인이자 절충주의 문학평론가입니다. 본명이 정철이며, 학창 시절에 경인선을 이용한 통학생이었다는 것 외에 알려진 게 없습니다.) 이에 대한 화답시가 「이 몸도 같이」이지요. 원시보다 화답시가 문학성의 성취도가 높습니다. 하지만 원시든 화답시든 조선총독부 경무국이 규정한 불온한 항일시로서, 일본어로 번역된 항일시 엔솔로지 『언문신문의 시가』(1930) 속에 포함됩니다.

항일시 「이 몸도 같이」는 노래하는 것 같은 반복 형식에다 웅혼한 무인적인 기상을 느끼게 하는 남성주의적인 저항의 시편입니다. 총독부에선 용마(龍馬)란 단어 두고 준마(駿馬)라고 번역하였군요. 동아일보에 연(聯) 없는 시로 애처 발표했지만, 시인의 본디 의도가 연갈이를 했으리라고 간주하여, 또한 본문인 '끓는 피 내 ○○을 걸머지고서'에서 탈자를 '젊음'으로 추론해, 제 스스로 각각 복원해 보았습니다. 당시의 총독부가 규정한 저항시 혹은 항일시가 이런 것이다, 하는 것을, 독자 분들이 한번 느껴보시기를 바랍니다.

나는 피리를 부는 사람
　　─반역시(反譯詩)

지은이 미상

나는 피리를 부는 사람.
곤하게 잠든 대지 위에
자욱이 깃든 검푸른 안개를,
떨쳐 없애려고 피리를 붑니다.

해는 벌써 하늘에 솟아 울고 있지만,
아직 맑지 않은 대지를 품은 이 안개,
피리를 불면 날이 갠다기에,
쉬지 않고 붑니다, 붑니다.

하나 잠시라도 피리를 불지 않으면
이 무서운 안개는 세상을 뒤덮어,
한 입에 삼키려고 하는 걸요.

나는 애오라지 세상을 위하여
안개를 떨쳐버리려는 양
피리를 붑니다.

1930년 조선총독부 경무국에서는 이례적인 책 하나를 만들었어요. 일본어로 번역된 항일시선집 『언문신문의 시가』가 바로 그것입니다. 최근석 달간 신문에 발표된 불온한 항일시는 모두 134편이었습니다.

경무국이 규정한 항일시는 세 가지 유형으로 분류됩니다. 첫째는 조선의 독립(혁명)을 풍자하여 단결 투쟁을 종용한 것, 둘째는 총독 정치를 저주한 배일적인 것, 셋째는 빈궁을 노래하고 계급의식을 도발한 것입니다. 여기에 인용한 「나는 피리를 부는 사람」은 첫째의 유형에 속하지요.

서지학자 김종욱은 『언문신문의 시가』에 실려 있는 항일시 134편의 원시를 찾으려고 각고의 노력을 기울인 것 같습니다. 대부분의 것을 찾았지만 결국 네 편의 시는 찾지 못했습니다. 그 당시에 이미, 신문에 발표가 되기도 전에 원고 상태로 압수된 것이 아닌가 하고 짐작됩니다. 이 잃어버린 네 편의 시 가운데 하나가 바로 「나는 피리를 부는 사람」입니다. 김종욱이 일본어를 통해 거꾸로 옮기기도 했습니다만, 제가 일본어 시를 다시 읽고, 하나의 또 다른 반역시(反譯詩) 모형을 새로 만들어 보았습니다. 물론, 본디 시의 텍스트와 얼마만큼이나 가깝고 비슷한지는 알 수 없습니다.

태양이 조국 광복이요 검붉게 흐릿한 안개가 일본 제국주의인 것이 유치한 상징의 결과물이지만, 피리를 분다는 행위는 예사롭지 아니한 설정입니다. 상식의 허를 찌른 상상력의 쾌거입니다. 이 행위는 통일신라시대의 만파식적 설화에서 엿볼 수 있는 바, 주력(呪力)의 언어로서의 피리 불기를 연상시키고 있지 않습니까?

음악의 기원은 무언가 신호를 보내기 위해 소리를 낮추거나 높이거나, 짧게 하거나 길게 하거나, 누르거나 떨치거나 하면서 소리의 변화를 주는 데 있었겠지요. 그 무언가의 신호는 일종의 메시지입니다. 음악은 본디 인간의 삶과 함께하는 주술의 의식이었습니다. 음악의 기원에서 더 원초적인 것은 리듬인가 선율인가 하는 게 하나의 쟁점으로 남아 있습니다만, 피리소리는 하나의 선율의 형태로서 사람들의 호소와 오열과 빈정거림과 부르짖음을 담습니다.

　마지막으로 좀 평이하게 물음을 던지면서 다소 어려운 말로 스스로 응답해도 될까요? 그 피리소리는 어떤 메시지를 남기기 위해서 불리고 있을까요? 답답한 현실의 조건을 넘어선 영감의 초월성이나, 잃어버린 피안에 대한 정열의 비등인지도 모르겠습니다.

용정의 노래
─노래시

윤해영

일송정 푸른 솔은 홀로 늙어 갔어도
한 줄기 해란강은 천년 두고 흐른다.
지난 날 강가에서 말 달리던 선구자
지금은 어느 곳에 거친 꿈이 깊었나.

용두레 우물가에 밤새 소리 들릴 때
뜻 깊은 용문교에 달빛 고이 비친다.
이역 하늘 바라보며 눈물 젖은 보따리
지금은 어느 곳에 거친 꿈이 깊었나.

용주사 저녁종이 비암산에 울릴 때
사나이 굳은 마음 깊이 새겨두었네.
조국을 찾겠노라 흘러 흘러온 신세
지금은 어느 곳에 거친 꿈이 깊었나.

* 용두레 : 낮은 곳의 물을 높은 곳의 논이나 밭으로 퍼 올리는 데 쓰는 농기구. 세 개의 기둥을
묶어세우고, 배 모양으로 길쭉하게 판 통나무의 가운데를 매달아 그 한 끝을 쥐고 밀어서 물을
퍼 올린다.

윤해영은 그 동안 잘 알려지지 않았지만 일제강점기에 만주국에서 교사와 지식인으로 살았던 인물이었습니다. 그가 쓴 시와 노래 가사가 더러 남아 있지요. 그는 1933년 시월 어느 날 저녁 무렵에 목단강변의 여관에서 유숙하고 있던 청년 작곡가인 조두남을 찾아 갔습니다. 자신을 스스로 떠돌이 상인이라고 소개했어요. 만주로 흘러온 동포들이 부를 수 있는 노래를 작곡해달라는 부탁과 함께 노랫말을 적어 왔지요. 이것이 바로 「용정의 노래」예요. 조두남은 그가 부탁한 노래를 작곡했지만, 결국 그가 나타나지 않았다고 했어요.

조두남의 노래는 해방 이후에야 일반인들에게 알려졌습니다. 제목도 「선구자」로 바뀌고, 노랫말도 일부 수정되었죠. 이 노래는 1960년대 이래 라디오 전파를 타고 40년 동안 국민 가곡으로 애창되어 왔습니다. 지나간 시대의 독립운동가를 선구자로 비유해 찬양하는 노래처럼 불리는 데 의심의 여지가 없었지요. 그런데 윤해영의 친일 행각이 밝혀지면서 가곡 「선구자」의 진정성이 도마 위에 오르게 되었어요. 더욱이 그는 세상이 바뀌면서 사회주의 북한을 찬양하는 시와 노랫말을 발표하는 등 사상적 혼돈의 무정부 상태를 드러내기도 했지요. 그러나 일제강점기에 발표한 그의 시와 노랫말은 친일을 의심케 하는 단어 몇몇 개, 예컨대 오족, 오색기, 낙토 등을 제외하면 대체로 감상적 민족주의로 일관하고 있어요.

작곡가 조두남 역시 친일 논란에 휩싸였어요. 그가 세상을 떠난 이후에 한 지역의 시민 단체에서 그에 대한 기념사업을 극렬하게 반대해 왔지요. 이러저러한 사실들이 21세기 벽두에 논쟁으로 더욱 점화되면서 적잖은 사회적인 파문을 일으켰습니다. 한 공영 방송에서는, ' 선구자는 없다'라고 하는 자극적인 제목의 다큐멘터리까지 기획하고 제작할 정도였지요.

이 두 사람을 비판하는 측에서는 윤해영에게 있어서의 '선구자'란 일제의 의도대로 '낙토 만주'를 건설하는 개척자, 즉 일제의 침략 정책에 적극적으로 협력하는 친일 부역자를 가리킨다는 극단적인 평가를 내놓기도 했습니다. 그 동안 우리 국민들이 두 사람에게 속아서 부른 노래가 「선구자」라는 거예요. (물론 여기에서 말하는 오족이 고구려 시대의 오족을 가리킨다고 옹호하는 것도 우스운 난센스요, 억지 춘향의 논리이기는 마찬가지입니다.) 하지만 이 두 사람이 친일파라는 판단에는 객관적으로 증빙되는 자료들이 좀 더 필요하다고 봅니다. 얼룩진 파편적인 사실보다, 두 사람을 옹호하는 측의 해명에 귀를 일단 열면서, 역사의 전체적인 맥락을 보고 판단해야 할 것이라고, 저는 생각합니다.

이제 「용정의 노래」도 역사적인 산물이 되었습니다. 작가의 전기적인 사실이 어쨌든 간에, 작품의 내용엔 민족의 시대 현실 및 그 수난을 반영하고 있는 게 엄연한 사실이기 때문입니다. 21세기에 살아가는 우리는 작가에게 친일 행적이 있다고 하더라도 그 행적 이전의 의미 있는 작품이라면 우리 스스로 드넓은 가슴으로 품어야 할 시점에 놓여 있지 않습니까?

웅혼한 멜로디로 한때 민족의 심금을 울리는 가곡 내지 국민가요로 불리기까지, 이 노래의 노랫말은 문학의 산물로 남아 있었습니다. 이 노랫말의 주조 음수율인 3·4·4·3조는 독특한 4음보 격으로 노래를 쉽게 만들기 위해 이용된 형식이었습니다. 노래는 본디 노랫말에 없었던 '활을 쏘던 선구자'의 이미지에 맞추어져 있었지만, 우리는 이제 노랫말을 통해 그 시대에 만주 땅으로 흘러간 우리 유민들이 들고 있었던 '눈물 젖은 보따리'라고 하는 본래의 표상을 어루만져야 할 것 같습니다.

종달새

윤동주

종달새는 이른 봄날
즐드즌 거리의 뒷골목이
싫더라.
명랑한 봄 하늘,
가벼운 두 나래를 펴서
요염한 봄노래가
좋더라.
그러나,
오늘도 구멍 뚫린 구두를 끌고.
훌렁훌렁 뒷거리 길로,
고기 새끼 같은 나는 헤매나니.
나래와 노래가 없음인가.
가슴이 답답하구나.

* 즐드즌 : 질고 진.
* 명랑한 : 밝고 환한.
* 나래 : 날개.

시인 윤동주는 평양에 있는 숭실중학교에 재학한 적이 있었지요. 그 당시의 중학교는 지금의 중학교와 고등학교를 통합한 과정의 학교를 가리킵니다. 그 시대에는 중학교만 졸업해도 상당히 높은 학력이에요. 물론 오래 전의 이야기입니다만, 그 당시에 숭실중학교에서 그와 함께 공부한 동기생의 증언에 의하면, 그는 키가 커서 제일 뒤에 앉았답니다. 과묵했지만 쾌활한 성격이었다고 해요. 누군가 북간도에서 활약하는 독립군 얘기를 친구들 앞에서 하던 일이 기억난다고 했어요.

일제는 숭실중학교에 신사참배를 강요합니다. 이를 반대하는 분위기는 전국적이었지만 기독교 계통의 학교가 많았던 평양이 더 심했대요. 또 이에 맞서는 과정에서, 학생들과 경찰이 주먹다짐을 할 정도로 사태가 심각했대요. 미국인 교장이 경찰서에서 학생들을 빼오고, 교장은 결국 미국으로 추방되고, 1936년 1월부터 3월까지 학교는 바람 잘 날 없었어요. 이 사건들을 통해, 소년 윤동주는 안 다녀도 될 학교를 다니게 되면서 항일 운동에 가담하게 되고, 또 그러면서 항일의식을 키우고 만형국이 되고 맙니다.

제목이 「종달새」라는 시의 말미에 '1936, 3. 평(平) · 상(想)'이라고 적혀 있어요. 말하자면, 1936년 3월에 평양에서 시상을 떠올리면서 이렇게 쓴 것이라는 것. 평(平) 자는 '평양에서'의 준말이고, 상(想) 자는 창작의 실마리가 되는 생각이나 구상을 가리키는 '착상'의 의미로 쓰인 것 같습니다. 시를 어떻게 써야겠다는 생각이 바로 착상이죠.

소년 윤동주가 구멍 뚫린 구두를 끌고 다녔다구요? 얼핏 와 닿지 않는 이미지 같아요. 귀공자 같이 생긴 그에게 말이지요. 옛날에는 구두를 오래 신었어요. 요즘은 빨리 바꾸기 좋은 신발로, 빨리 닳게 최적화한 것이라고 보면 됩니다. 옛날에는 오래된 구두를 끌고 다니는 사람이 참 많았어요. 가죽과 바느질이 튼실했죠. 아무튼 독자 여러분은 구멍이 숭숭 뚫린 구두를 신고 일본 경찰과 난투극을 벌이던 소년 윤동주의 모습을 상상해 보세요. 그는 키도 크고 축구도 잘 했다니, 얼마나 몸이 날렵했겠어요? 그는 평양 시내도 재빠른 몸매로 방랑했을 거예요. 이 시를 보아도, 그는 물고기 새끼처럼 물속에서 재빠르게 돌아다녀요.

그런데 연못 속의 물고기는 날개가 없어서 하늘을 날지 못하지요? 물고기는 노래가 없어요. 새들은 찍찍거리기라도 하지. 연못에 갇혀있는 물고기 같은 신세라는 것. 내 뜻을 펼칠 수도 없다. 시를 통해 이런 말을 하는 거예요. 답답한 현실에 대한 반발심이 잘 나타나 있죠. 이 시를 쓰던 때는 그가 열아홉 살이 되던 해입니다. 더 정확히 말하면, 18년 3개월의 나이예요.

소년 시절에 경험한 신사참배 거부 사건은 시인 윤동주의 일생에 큰 전환점이 되었습니다. 이때부터 그는 그의 시대를 비로소 살기 시작한 거예요.

쉽게 씌어진 시

윤동주

창 밖에 밤비가 속살거려
육첩방(六疊房)은 남의 나라,

시인이란 슬픈 천명인 줄 알면서도
한 줄 시를 적어 볼까.

땀내와 사랑내 포근히 품긴
보내 주신 학비 봉투를 받아

대학 노트를 끼고
늙은 교수의 강의 들으러 간다.

생각해 보면 어린 때 동무들
하나, 둘, 죄다 잃어버리고

나는 무얼 바라
나는 다만, 홀로 침전하는 것일까?

인생은 살기 어렵다는데

시가 이렇게 쉽게 씌어지는 것은
부끄러운 일이다.

육첩방은 남의 나라
창 밖에 밤비가 속살거리는데,

등불을 밝혀 어둠을 조금 내몰고,
시대처럼 올 아침을 기다리는 최후의 나

나는 나에게 작은 손을 내밀어
눈물과 위안으로 잡는 최초의 악수

이 시는 윤동주 시인의 동경 시절에 씌여진 시편입니다. 시를 쓴 장소는 왜돗자리(다타미) 여섯 조각으로 이루어진 소위 '육첩방'이 있는 공간입니다. 이 육첩방은 시인이 스스로 만들어낸 말됨됨이(조어)입니다.

일본에선 방(房)이라는 말을 잘 쓰지 않습니다. 우리는 걸핏 하면 방이란 말을 쓰지요. 예컨대 노래방, PC방, 빨래방, 찜질방……. 방은 일본식 한자어로 부옥(部屋)이라고 하는데 일본 발음으로는 '헤야'입니다. 왜돗자리 여섯 조각으로 만들어진 육첩부옥이 일본식 발음으로는 '로쿠조베야'라고 해요. 시인이 일본어인 로쿠조베야나, 일본식 한자어인 육첩부옥이라고 쓰지 않고, 육첩방이라고 한 것은 우리말의 주체성을 잘 살린 경우라고 할 수 있습니다. 그는 이처럼 말 한마디에도 세심하게 배려할 줄 알았던 거예요.

시인의 동경 하숙집은 물론 형태가 전혀 다르게 바뀌었지만 지금도 흔적이 아련히 남아있습니다. 그땐 전동차가 지나다녔지만 지금은 내부 순환의 JR선이 지나가는 어느 한 역사(驛舍)에서 허전한 뒷골목을 돌아서 놓여 있는 그곳에서, 그는 새벽에 깨어나 빗소리를 들으면서 시를 씁니다.

대학 노트를 끼고 늙은 교수의 강의를 들으러 간다고 했는데, 이 늙은 교수는 백 살의 장수를 누린 우노 데쓰토(宇野哲人 : 1875~1974)로서, 논어 신해석의 대가요, 일본 퇴계학의 선구자입니다. 시인이 이 우노 교수에게 강의를 들을 때는 이미 나이가 예순일곱이었습니다. 강좌명은 '동양철(학)사'였지요. 그는 동경제국대학교 교수로 재직하다가 정년 이후에 릿쿄대학에 출강을 했는데, 시인은 우노 교수로부터 80점의 평점을 받았습니다.

이 시의 본문에서 가장 고조된 부분은 마지막 두 연이에요. 즉 '등불을 밝혀'에서 '최초의 악수'로 이어지는 부분입니다. 나는 나에게 작은 손을 내밀어 눈물과 위안으로 잡는 최초의 악수. 최후의 나와 최초의 악수는 대구(對句)가 됩니다. 서로 짝을 이루고 있어요. 최초의 악수는 현실을 인내하면서, 때를 기다리는 삶의 자세를 말하는 것이요, 최후의 나는 미래의 나를 가리키는 거예요. 최후의 나는 미래의 나, 조국 광복을, 나라를 찾는 것을 보게 되는 주체적인 자아이기 때문에, 주체적인 자아를 실현하기 위한, 최후의 나를 드러내기 위한 현실적인 전제 조건이 결국 바로 최초의 악수가 되는 겁니다. 최근에 비평가 신형철이 이 시의 마지막 부분에 관해 잘 언급한 바 있어요.

이 악수는 '내가 나에게' 하는 악수다. '최초의 악수'라고 했으니 그 이전에는 악수를 한 적이 없었다는 말이다. 부끄러워만 했던 시절의 윤동주는 자기 자신을 한 번도 온전히 긍정한 적이 없었던 것 같다. 그러나 이제는 달라졌다. '최후의 나'가 탄생하여 '직전의 나'에게 손을 내민다. 여기까지 오느라 수고했다고, 이제 너는 부끄럽지 않아도 된다고. 또 '직전의 나'는 '최후의 나'에게 말했을 것이다. 네 앞날이 걱정스럽다고, 그러나 네가 자랑스럽다고. (한겨레신문, 2016. 4. 2.)

파울로 코엘료의 소설 『연금술사』를 아시나요? 그가 여기에서 언급한 바 있었거니와, 가장 어두운 때는 다름 아니라 바로 해가 뜨기 직전이랍니다. 시인 윤동주는 일제가 그 당시에 수행하던 아시아—태평양 전쟁의 시기가 가장 어두운 시대임을 암시하면서 이 전쟁이 끝나면 밝은 시대가 온다는 희망을 가졌습니다. 전쟁이 종식된 직후의 화평의 시대 말예요.

그의 시 대부분이 본질적 자아와 또 다른 자아, 참된 자아와 거짓된 자아 사이의 갈등에 관한 내용이지요. 자아와 자아의 격투, 존재와 존재의 싸움이 그의 시 세계에서 주된 소리를 내고 있습니다. 그런데 말이죠, 이 시에 이르면 마침내 자아와 자아가 화해를 이루는 국면을 보여줍니다. 그의 시에서는 보기가 무척 드문 일이라고 하겠지요. 이 시는 지금 남아 있는 그의 마지막 시예요. 여기에 이르러, 비로소, 혹은 마침내 극적인 반전을 일으켰다고 볼 수 있겠네요.

제4부 삶의 관조, 눈부신 명상

알 수 없어요

한용운

바람도 없는 공중에 수직의 파문을 내며 고요히 떨어지는 오동잎은 누구의 발자취입니까.

지리한 장마 끝에 서풍에 몰려가는 무서운 검은 구름의 터진 틈으로 언뜻언뜻 보이는 푸른 하늘은 누구의 얼굴입니까.

꽃도 없는 깊은 나무에 푸른 이끼를 거쳐서, 옛 탑 위에 고요한 하늘을 스치는 알 수 없는 향기는 누구의 입김입니까.

근원은 알지도 못할 곳에서 나서 돌부리를 울리고, 가늘게 흐르는 작은 시내는 굽이굽이 누구의 노래입니까.

연꽃 같은 발꿈치로 가없는 바다를 밟고, 옥 같은 손으로 끝없는 하늘을 만지면서, 떨어지는 날을 곱게 단장하는 저녁놀은 누구의 시입니까.

타고 남은 재가 다시 기름이 됩니다. 그칠 줄을 모르고 타는 나의 가슴은, 누구의 밤을 지키는 약한 등불입니까.

* 지리한 : 지루한. (장마가) 오래 지속되어 싫증이 난.
* 돌부리 : (원)돍쑤리. 돌의 튀어나온 부분. 시인은 돍을 '독'으로 발음했다. 돍은 돌과 독의 중
간 형태라고 본다. 서울 도곡동은 원래 독부리(돌부리)가 많아 독골(돌골)이라 불렸는데, 이후
에 독곡(谷), 도곡으로 바뀌었다. 한편『고어사전』(일조각, 1977)에 의하면 '돌'은 '돌'과 조사
가 결합할 때 '돌히, 돌해, 돌홀, 돌콰……'로 첨용된다. 이처럼 종성을 'ㄹ'으로 사용한 예는
거의 없었다. 말하자면'ㅀ'과 'ㄳ'으로 쓰이던 종성을 한용운은 'ㄹ'으로 사용했다고도 볼 수
있다. '돍쑤리'의 현대어 정본은 두말할 필요조차 없이 '돌부리'로 정립된다.
* 가없는 : (원)갓이업는. 이본(異本)들의 상이점을 대조해 보면, 원본의 '갓이업는'을 그대로 쓴
경우는 없으며 1950년에 간행된 한성도서관『님의 침묵』에서는 '가시업는'으로 연철한 것 외
는 대부분이 '가이없는'으로 정본(定本)화되어 있다. 하지만 이 경우도 문제가 없는 것은 아니
다. '가이없다'가 비표준어이기 때문이다. 군이 표준어로 정본화할 것 같으면 '가없는'으로 수
정되어야 한다. 특히 고등학교 교과서에선 더욱 그렇다. 이 낱말은 '가장자리, 혹은 변두리가
없는'의 뜻으로 쓰인다.
* 떨어지는 날 : 하루 중에서 환함이 사라져가는 동안.

한마디로 말해, 이 시는 만해 한용운의 눈부신 명상 시편입니다.

예사로운 자연 현상에서도 존재의 위대한 힘을 감지하고 있는 화자는, 대화가 전제된, 함부로 단정하지 않는, 공손하고 겸허한 말씨로써 공감에의 호소와 동참에의 호응을 상대편 청자로부터 은근히 기대하고 있습니다. 미지의 그 '누구'는 누구일까요? 인격화된 대우주나 절대자일까요, 잃어버린 조국일까요, 아니면 세속적인 연인일까요?

자, 보세요. 이 시에서 무엇인가를 고백하고 있는 자아는 마치 한 사람으로 형상화되어 있는 것 같은 대자연에의 '의존적 기인(起因)'으로 나타나고 있는 낱낱의 자연 현상을 '누구에의 물음(who-question)'의 방식으로 되묻고 있습니다. 즉, 이 시는 영원한 불가해(不可解)의 세계를 향해 'A는 누구의 B입니까'라는 독특한 병치의 구문을 반복함으로써 원인을 규명하고자 한 인명(因明 : 원인을 규명한다는 뜻의 불교 용어)의 시편입니다. 좀 어려운 말을 하자면, 자아의 심적 활동을 떠나 실재가 외부에 따로 존재하지 않는다고 보는 것이 유식론자의 일관된 세계 인식의 태도입니다. 궁극적인 것은 미지와 불가해의 진실일 따름입니다.

서양의 형식논리학이 3단논법에 근거하고 있다면, 불교의 인명론은 3지작법(三支作法)이란 독특한 인식 논리에 따라 논리를 전개하는 것이지요. 3지작법이란, 종(宗)과 인(因)과 유(喩)로 이루어져 있습니다. 종은 명제이며, 인은 명제의 원인이며, 유는 명제의 원인에 대한 비유입니다. 시편 「알 수 없어요」의 명제는 '대자연은 누구의 것인지 알 수 없다.'라는 것. 명제의 원인은 '모든 자연 현상은 미지의 것이기 때문이다.'라는 것. 명제의 원인에 대한 비유로는 '그 누구의 발자취는 오동잎과 같고, 그 누구의 얼굴은 하늘과 같고, 그 누구의 입김인 향기와 같고, 그 누구의 노래인 시냇물과 같고, 그 누구의 시(詩)인 저녁놀과 같다.'라는 것입니다. 요컨대, 시인 한용운은 시편 「알 수 없어요」에서 이 심오한 인명의 시학을, 그만의 독창적인 시적 의장(意匠)으로 만들어갔던 거예요.

바람도 없는 공중의 '고요함'에 살짝 일으킨 '수직의 파문'은 그윽한 선(禪)의 세계에서는 '단박에 깨닫는다.'는 것의 조짐이 아닌가, 해요. 송욱은 오래 전에, 이와 같이 상식의 허를 찌른 묘사적인 상상력을 두고 시인 한용운이야말로 놀라운 모더니스트라고 말하기도 했었지요. 그런데 이 정도의 묘사력 수준은 고, 중세에 살았던 동아시아의 선객들이 남긴 선시에서는 더러 확인되고 있지요.

송욱은 검은 구름을 가리켜 번뇌 혹은 '의정(疑情)'의 구름이라고 했어요. 그러기에 구름을 무섭다고 한 것이죠. 애최 푸른 하늘과 같은 님의 얼굴, 즉 번뇌가 전혀 없이는 깨달음의 경계에 들 수 없다는 거예요. 이때 번뇌와 의정은 등가의 상관물입니다. 의정? 참 어려운 말입니다. 의정이란, 사전에도 없는 말이에요. 의혹을 품을 만한 정황이거나 이 정황에 처한 시적 화자의 감정 상태를 가리키고 있습니다. 감정은 주관적인 정신의 상태예요. 정신의학적인 관점에서 본다면, 그 감정은 경미하나마, 화자에게서 공포를 수반한 불안 신경증을 드러내고 있어요. 여기에서 화자의 불안은 두 가지의 형태로 나타납니다. 하나는 '신호 불안(signal-anxiety)'이며, 다른 하나는 '분리 불안(separation-anxiety)'이에요. 신호 불안은 직접적으로 갈등을 일으키는 본능적인 긴장이 아니라, 예상되는 이것을 스스로에게 알리는 경고라고 할 수 있지요. 이에 비해, 존재하는 것의 존재하지 않음은 분리 불안이란 특정의 불안을 불러일으킵니다. 시적 화자는 이 불안을 해소하기 위해 '언뜻언뜻 보이는 푸른 하늘'을 확인했던 것이지요. 즉, 분리 불안을 해소하는 데 성공했기 때문에, 화자는 불안한 감정의 상태에서 비로소 내적 각성의 상태로 전환할 수 있는 것이랍니다.

님의 입김은 고목의 푸른 이끼를 거치고, 또 고탑의 고요한 하늘을 스치고 있습니다. 제1행의 수직적 강하와 제3행의 수평적 확장은 서로 대조되는 국면이라고 할 수 있겠지요. 그 입김이 내면 공간의 넓이를 감지하게 해 준다면, '나'에게는 향기처럼 느껴지겠지요. 이 입김이기 때문에 앞으로 자아와 대자연은 더 가깝게 밀착되리라고 보입니다.

근원을 알지 못할 곳에서 나서 돌부리를 울리고 가늘게 흐르는 작은 시내는 굽이굽이 누구의 노래입니까? 참 기막힌 물음입니다. 가늘게 흐르고 있는 시냇물의 소리는 하나의 '무시카 문다나(musica mundana)', '우주의 음악'을 만들어가고 있습니다. 윤동주에게 있어서도 밤하늘에 무리를 이룬 아름다운 별들 역시 하나의 무시카 문다나예요. 만상과 천체의 질서는 이미 만들어져 있어도, 시인은 그 근원에 관해서 전혀 알 수가 없어서 회의(의정)에 빠지게 되지요. 수직의 파문을 내는 발자취도, 늘 푸른 하늘도, 향기로운 입김도, 그 근원을 알 수 없어요. 노래처럼 가늘게 흐르는 시냇물도 매양 마찬가지랍니다.

시인 한용운은 시인이면서 종교인이에요. 예스러운 말을 사용하자면 '시승(詩僧)'이에요. 시를 쓰는 스님이란 말이지요. 서양에도 비슷한 말이 있지요. 미지의 문을 두드리는 경건한 구도자로서의 시인사제(poet-priest) 말입니다. 제가 살아온 시대의 최대의 시인사제는 교황이었던 요한 바오르 2세라고 봅니다. 작고한지도 이제 10여 년이 지났지만, 언젠가 우리나라에도 왔지요. 한용운의 시집 『님의 침묵』처럼, 그는 젊어서 시집 『가려진 신의 발라드』를 냈구요, 선종하시기 몇 년 전인 2003년에는 마지막 시집인 『로마의 3부작(Roman Triptych) : 로마에서 온 세 폭의 성화』를 상재하였지요. 이 시집에, 지금 제가 말하고 있는 내용과 비슷한 게 있네요.

그대가 물의 근원을 발견하려거든

물길 따라 거슬러 올라가야 하느니.

용감히 나서라, 끝내 찾아라, 굴하지 마라,

어딘가 반드시 발원지는 있으리라.

근원이여, 너는 어디에 있는가.

정녕 어디쯤에서 맑게 샘솟고 있는가.

시편 「알 수 없어요」에서 만상의 근원을 찾는 한용운의 경우와 너무 비슷하지 않나요? 한용운이 한국의 독립을 위해 혼신의 열정을 품고 행동했다면, 요한 바오르 2세는 조국 폴란드의 민주화에 기여하였지요. 두 분은 20세기를 대표하는 시인사제들입니다.

연꽃 같은 발꿈치로 가없는 바다를 밟고, 옥 같은 손으로 끝없는 하늘을 만지면서, 떨어지는 날을 곱게 단장하는 저녁놀은 누구의 시입니까? 이 물음이 들리나요? 바람도 없는 공중에 발자취가 있고, 지루한 장마철의 흐린 일기에도 푸른 하늘이 있습니다. 꽃 없는 고목의 향기는 입김으로 변하고, 시냇물의 흐름은 노랫소리로 들리고, 끝내 저녁놀은 아름다운 서정시로 변형됩니다. 이 시에서 가장 아름답게 묘파된 부분은 제5행이 아닌가요? 눈앞에 펼쳐지는 아름다운 그림과도 같습니다. 여기에서 저녁놀은 인간에게로 들어온 법신(法身)이예요. 아닌 게 아니라, 이 시에서의 시적 자아는 자연을 객관적 대상으로 보지 않습니다. 감각 기관을 통해 지각되는 외부 세계는 구체적 실상이 아니라, 하나의 현상에 지나지 않기 때문이죠.

타고 남은 재가 다시 기름이 됩니다. 그칠 줄을 모르고 타는 나의 가슴은 누구의 밤을 지키는 약한 등불입니까?

이 마지막 행이 이 시에서 가장 주된 부분이지요. 이른바 주제행이라고 하겠지요. 여기에서 재와 기름의 수사적인 등식에 도달한 경우를 보세요. 상식의 허를 깨닫고 상식이 통하는 현실의 조건을 초월함으로써 이른바 '대립적인 일치'의 묘미를 드러낸 아름다운 표현이 아닐 수 없습니다.

이 시에서 되풀이되는 물음은 순환적으로 상속되는 정신 활동입니다. 정신 활동은 일정한 상태로 정지해 있지 않고 계속 변화해요. 유식 불교에서는 이를 두고 '식(識)의 전변'이라고 이릅니다. 모든 것은 식이에요. 식에 의해 영상(이미지)을 만들어갈 따름이에요. 이때 주객의 경계는 사라져요. 주체와 객체의 대립은 표상하는 자아와 표상되는 세계의 대립을 말하지요. 주객의 경계가 사라진다는 것은 주객 대립의 지평 너머로의 초월을 의미해요. 철학에서 인식적인 관계맺음의 가능성은 주관이 객관을 인식한다는 데서 시작합니다. 이 말은 자아가 주관 밖으로 나가 있다, 자아가 세계에로 나아가 있다, 라고 하는 뜻을 머금는데요, 내가 세계를 인식할 때 그 세계는 곧 나에 의해 인식된 세계이며, 주관과 객관이 구분되어 있지 않는 그 초월의 자리가 바로 나의 본래 자리인 거예요. 제가 좀 알은 척해서 죄송합니다만, 마르틴 하이데거는 『존재와 시간』에서 자아 밖으로 내가 있고 세계에로 나아가 있는 자아를 두고 '세계 안의 존재(In-der-Welt-Sein)'라고 표현했고 메를로 퐁티 역시 『지각의 현상학』에서 '세계에로의 존재(etre-a-la-monde)'라는 비슷한 용어를 사용한 바 있었어요.

그칠 줄을 모르고 불타고 있는 시 속의 나는 한낱 '약한 등불'입니다. 앞에서 표현한 '가늘게 흐르는 작은 시냇물'의 변용입니다. 나약하면서도 한정된 인간 조건을 비유한 거예요. 그 나는 시적 화자로서의, 이 시에서 표상하는 자아입니다. 표상되는 미지의 세계와의 경계를 해체하여 또 다른 하나의 합일된 세계를 추구하려고 한 점에 있어선, 세계 안의 존재인 동시에, 세계에로의 존재인 것입니다.

직관의 심안(心眼)과 통찰의 혜안을 지녔던 시인사제이었던 한용운. 그는 우주론적 질문을 대신 진술하는 존재입니다. 시란, 비밀의 문은 있으나 해결의 열쇠가 없는 영원한 수수께끼예요. 수수께끼에 명징한 답변의 질서가 부여된다면, 통속적인 차원에 떨어진 한낱 언어유희일 뿐이지요. 시는 때로 도저히 가늠하고 측량할 수 없는 심오한 말씀에 귀를 기울이는 이가 간곡하게 드리는 호소문의 형식이 되기도 합니다. 수수께끼의 발화자로서의 시인사제는 고대의 종교 경전에서도 숨어 있답니다.

아후라여, 당신에게 여쭈니 말씀해 주소서.
땅을 붙들고 있으며, 저 높은 곳에 있는 하늘을
받치고 있는 힘은 무엇입니까?
물과 식물을 만드신 이는 누구입니까?
바람을 빨리 불게 하고, 검은 구름을 몰고 와서
비를 내리게 하는 이는 누구입니까?
　　　(……)
아후라여, 당신에게 여쭈니 말씀해 주소서.
빛과 어둠을 만든 이가 누구입니까?
자고 일어나는 것, 휴식하고 일하는 것을
정한 이가 누구입니까?

이 문장은 보다시피 의문 형태로 된 종교적 찬가의 진술 특성을 그대로 반영하고 있네요. 고대의 배화교의 주(主)인 차라투스트라(조로아스터)가 경전인 『야스나』에서 설한 내용을 따랐습니다. 국역본 44장에서 따왔지요. J. 호이징가는 자신의 저서인 『호모 루덴스』에서 이와 같은 내용을 '우주론적 수수께끼'라고 표현한 적이 있었지요. 어쨌든 인용한 것은 시편 「알 수 없어요」와 어딘가 모르게 흡사한 느낌을 주지 않나요?

한용운이 누구의 밤을 지키는 약한 등불에서 이 누구를 조국이라고 생각했다고 해도, 결코 틀린 말은 아니겠지요. 민족이나 조국이란 것이 누군가의 말마따나 '상상의 공동체'에 지나지 않을 수도 있어요. 물론 애국심이란 좋은 거예요. 비록 이 개념이 가치 개념이긴 하지만 전체화된 인격이 되어서는 안 됩니다. 전체주의나 국가주의의 맹신의 늪에 빠지기도 하기 때문이지요.

시편 「알 수 없어요」의 마지막 행인 주제행은 또 하나의 전체주의인 민족주의로 흐를 가능성도 있습니다. 만약 그렇다면, 이때 식민지의 밤을 지키는 '약한 등불'은 우국지사로서의 한용운이 지닌 자전적인 표상으로 떠오르기 십상이에요. 그는 사상적으로 불교 민족주의와 불교 사회주의를 공유하고 있었어요. 이 전체화된 사상의 측면은 이른바 화엄(華嚴)의 형이상학에 기인한다고 볼 수도 있어요. 이것은 사상적으로 볼 때 만상의 조화와 천체의 질서를 지향합니다. 대자연이니 우주니 하는 것은 조화로운 전체상이랄까, 하나의 통일체를 이루고 있다는 것이죠. 주자학(성리학)을 창시한 주희(朱熹) 역시 흥미로운 세계 인식의 한 방식을 제시하였지요. 그는 월인천강(月印千江)의 비유에 의거해 달그림자를 품고 있는 강물이 증발되어 사라진다고 해도 달은 그대로 존재한다고 말했지요. 달이 근원적인 이(理)의 세계라면, 세상에 무수히 존재하는 시냇물, 강물은 기(氣)의 세계라는 거지요. 정약용은 『맹자요의』라는 책에서, 모든 세계는 하나로 귀속한다는 화엄의 형이상학을 수용한 주희의 이론이 친(親)불교적인 경향성을 보인다고 비판하면서 반(反)주자주의의 입장을 분명히 밝힌 바 있었습니다.

화엄의 형이상학에 의하면, 모든 자연 현상은 우주의 주재자인 법신(法身)으로 귀일합니다. 화엄종은 측천무후의 적극적인 지원을 받으면서 법장(法藏)에 의해 이론적으로 체계화되었지요. 『화엄경』 80권이 번역, 완성되던 704년에, 법장은 궁궐에 들어가 측천무후에게 30차례에 걸쳐 화엄종의 핵심 사상을 강의해요. 그리하여 법장은 화엄의 세계로 정치적인 전체주의의 길을 열었지요. 일체는 곧 하나이니, 전체는 개체로 이루어져 있으니, 천하는 낱낱의 하나가 모여 큰 하나로 통일된 것이다, 라구요. 세계적인 불교학자인 스즈키 다이세츠(鈴本大拙)도 일본 천황에게 『화엄경』을 강의함으로써 제국주의적 일본을 불러 일으켜 세우는 데 다소간 기여하였습니다. 화엄의 형이상학에도 오늘날의 관점에서 볼 때는, 허점이 전혀 없는 게 아니로군요.

하지만 말입니다.

한용운은 한 시대의 한낱 시인사제로서 시편 「알 수 없어요」를 통해 심오하고도 눈부신 화엄의 형이상학을 빚어내었네요. 특히 그 아름다운 한국어로 말예요. 그 역량이 언어의 절대 경지에 이르렀다고나 할까요?

낙화

떨어진 꽃이 힘없이 대지의 품에 안길 때
애처로운 남은 향기가 어디로 가는 줄을 나는 안다.
가는 바람이 작은 풀과 속삭이는 곳으로 가는 줄을 안다.

떨어진 꽃이 굴러서 알지도 못하는 집의 울타리 사이로 들어갈 때
에
쇠잔한 붉은 빛이 어디로 가는 줄을 나는 안다.
부끄러움 많고 새암 많고 미소 많은 처녀의 입술로 들어가는 것을
안다.

떨어진 꽃이 날려서 작은 언덕을 넘어갈 때에
가엾은 그림자가 어디로 가는 줄을 나는 안다.
봄을 빼앗아가는 악마의 발밑으로 사라지는 줄을 안다.

* 쇠잔한 : 쇠하여 힘이나 세력이 점점 약해진.
* 새암 : 시샘.

186   제4부_삶의 관조, 눈부신 명상

  한용운은 시집 『님의 침묵』을 간행하고서는 거의 시를 쓰지 않았어요. 주로 조선일보에 소설을 연재하면서 생계를 이어갔지요. 일제강점기에 문인소사전이 나온 적이 있었다고 해요. 제가 이 이야기를 들은 지도 벌써 30년이 되었어요. 여기에서 문인 한용운을 소개하기를, 시인이 아닌, 소설가로 소개를 했다고 해요. 그럴 수밖에 없었겠지요. 시와 소설 간에, 원고 분량이 엄청나게 차이가 나지요. 그러나 우리는 한용운을 시인으로만 기억하고 있습니다. 이 시는 모처럼 발표한, 아주 소중한 시예요. 조선일보 1936년 4월 3일에 발표된 시라고 해요. 본인은 선(禪)어록이라고 생각하고 쓴 것인지도 모르지요.

  세 차례로 반복되는 짜임새를 지닌 이 시는, 떨어진 꽃이, (1) 자연 속으로 돌아가고, (2) 처녀의 입술로 들어가고, (3) 악마의 발밑으로 사라진다, 라는 평이한 메시지를 담고 있습니다. 그러나 모든 사상(事象)이 덧없음에 근거로 하고 있다는 점에서 그 뜻은 심오하다고 아니할 수 없습니다. 곧이곧대로 진술되는 산문적인 언어일망정 의미를 극단적으로 뒤튼다는 점에서, 선미(禪味)한 시일수록 이처럼 독자로 하여금 놀라움에 사로잡히게 합니다. (2)에서도 떨어진 꽃이 처녀로 꽃피는 생명력의 환희로 연결되고 있어서 놀랍습니다. 한편으론, 여기에서 처녀는 사랑의 제단에 바치는 희생의 상징 내지 인신 공양의 원형일 수 있어요. 풍란화 매운 향기의 지조 있는 지사이며, 더군다나 이 시를 발표한 시기가 세속의 나이로 무려 58세였음을 감안할 때, 이 시에서 전반적으로 보이는 청년적인 감성이 놀라워요.

  식민지 시대의 역사적 현실과 관련시킬 때, (3)은 일제에 대한 정신적

승리를 은밀한 역설로 보여준 것으로 짐작돼요. 봄을 빼앗아가는 악마 운운하는 대목에서, 빼앗긴 들에 봄조차 빼앗기지 않게 하기 위해 봄 신령에 지핀다는 게 떠올려지는 건 웬일일까요? 순환론에 의하면, 봄은 늘 어김없이 찾아오지 않나요? 빼앗긴 봄의 되찾음이 바로, 빛 광 자, 다시 복 자, 광복(光復)이 아니에요? 앞에서 본 「알 수 없어요」의 화자가 행간에 '모른다'로 일관하고 있다면, 「낙화」에서는 대놓고 '안다'를 되풀이하고 있습니다. 사실은 말이죠, 삶과 죽음이, 만남과 헤어짐이, 있음(존재)과 없음(무)이, 승(僧)과 속(俗)이 하나이듯이 '모른다'와 '안다' 역시 동전의 양면이에요. 이 시에서 되풀이되고 있는 '안다'의 의미는 무엇일까요? 축자적인 의미로는 식(識)에 해당합니다. 불교의 유식 사상에서 이 '식'은 '이해하다'나 '분별하다'나 '깨닫다' 등등의 의미를 포괄하고 있어요. 유식론에서 근본적인 존재, 근본적인 심리 활동을 일컬어 '아뢰야식'이란 말을 사용하곤 하는데, 식의 발상전환은 최종적으로 자기 근원체인 아뢰야식이 있는 본래 상태로 되돌리는 걸 말하는 것일 터입니다.

시편 「낙화」의 내용 중에서 언어와 현실 사이에 모순이 발견되지만, 긴장감이 한껏 강화된 모순형용(oxymoron)의 언어는 아닌 듯합니다. 좀 다른 표현이 허용된다면, 시편 「낙화」의 언어는 소위 '낭만적 반어 (Romantische Ironie)'라고 할 수 있어요. 이 용어는 낭만주의의 핵심 개념인 것으로 '파괴와 생성을 거듭하는' 원리로 수용되고 있다고 하겠습니다. 시인 노발리스가 '세계는 낭만화되어야 한다.'라고 하는 명제를 내세운 바 있었듯이, 더 좋은 세상을 위해 끊임없이 뒤집는 것을 추구하는 이른 바 세계의 낭만화란, 낭만적인 것의 질적 강화를 의미해요. 앞서 말한 '식의 발상전환'은 낭만적인 것의 질적 강화와 서로 통합니다. 이런 점에서 볼 때, 불교의 유식 사상과 낭만주의의 '낭만적 반어'는 친화력을 획득하고 있다고 하겠어요. 시편 「낙화」의 내용을 보면, 저속한 것이 고상한 것으로, 평범한 것이 신비한 것으로, 유한한 것이 무한한 것으로 발상이 전환되고, 질감이 강화되고 있어요.

요컨대, 더 좋은 세상이 실현되기 위해서는, 세계는 낭만화되어야 합니다. 이 깨달음의 극적인 반전을 보여준 선시 내지는 시적 선어록이 한용운 선사가 서울 성북동의 심우장에서 늘그막에 쓴 「낙화」예요.

독(毒)을 차고

김영랑

내 가슴에 독을 찬지 오래로다.
아직 아무도 해한 일 없는 새로 뽑은 독
벗은 그 무서운 독 그만 흩어버리라 한다.
나는 그 독이 벗도 선뜻 해할지 모른다 위협하고,

독 안 차고 살아도 머지않아 너 나 마주 가버리면
누 억천만 세대가 그 뒤로 잠자코 흘러가고
나중에 땅덩이 모지라져 모래알이 될 것임을
"허무한듸!" 독은 차서 무엇 하느냐고?

아, 내 세상에 태어났음을 원망 않고 보낸
어느 하루가 있었던가 '허무한듸!' 하나
앞뒤로 덤비는 이리 승냥이 바야흐로 내 마음을 노리매
내 산 채 짐승의 밥이 되어 찢기우고 할퀴우라 내맡긴 신세임을

나는 독을 품고 선선히 가리라,
마금날 내 깨끗한 마음 건지기 위하여.

* 독(毒) : 독기(毒氣). 사납고 모진 기운.
* 차고, 찬 지, 차서 : 채우고, 채운 지, 채워서.
* 해(害)한 : 해롭게 한.
* 마주 : 서로 함께.
* 누(屢) : 여러.
* 모지라져 : 닳아 없어져. 닳아 없어진 비와 붓을 두고, 모지랑비와 모지랑붓이라고 한다.
* 허무한듸! : '허무하구나'의 전라도 방언.
* 할퀴우라 : 할퀴기 위해.
* 내맡긴 : (원)네 맡긴. 원문은 문맥상의 오류로 판단된다. 방임(放任)의 뜻인 '내맡긴'으로 교열
  함.
* 선선히 : 기꺼이. 더 이상 주저함이나 망설임이 없이.
* 마금날 : 생을 마감하는 날. 시인의 독창적인 시어로 선양하는 게 좋겠다.
* 깨끗한 마음 : 『영랑시선』(1949)에 '외로운 혼(魂)'으로 개작함. 이를 미루어 볼 때 이 '깨끗한
  마음'은 애처 고독한 영혼을 뜻한 것 같다.

부친의 완강한 만류로 계획된 성악 공부를 포기했던 김영랑은 대신에 1930년대에 시의 음악성을 추구하면서 리리시즘의 극치에 도달합니다. 성악가를 소리꾼이나 광대로 여기는 시대에 제 뜻을 펼치지 못했지만, 뜻밖에 시인으로서는 성공적인 삶을 살았군요.

소년기 유학 시절에 장차 아나키스트가 될 박열과는 룸메이트였고, 관동대지진(1924)으로 인해 학업을 중단하고 귀국한 직후에는 서울에서 사회주의 문사와 친교를 맺었답니다. 나치 치하의 순수문학이 정신의 순수한 표현이라는 쪽으로 퇴각했던 사실이 시민 지성만으로 정치적인 해방을 쉬 달성할 수 없다는 역사 현실을 깊이 통찰한 데 말미암았다면, 김영랑의 경우도 이와 엇비슷하게 해당될 수 있지 않을까, 해요. 8 · 15 정치적인 해방이 그로 하여금 감격적인 애국주의로 기울게 한 적잖은 정치시와, '에리히 바이너트'의 「나치 반항의 노래」 세 편을 번역하게 한 것도 그 사실을 반증하고 있는 게 아닐까요?

독기를 채운다는 뜻의 「독을 차고」(1939)는 실로 숨은 걸작이 아닐 수 없습니다. 그로선 이례적인 제재의 순수시이지요. 그의 시가 대부분 여성적인 애조를 띤 어조임에 비해, 이 시는 각별하게도 남성적인 열띤 어조로 이루어져 있습니다. 그는 생을 마감한 후 자신의 고독한 영혼을 구원하기 위해서 스스로 독기를 품겠노라고 노래합니다.

독은 순수한 내면세계 혹은 결연한 의지를 표상하면서도 세속과 야합하지 않으려는 결벽한 초연성 내지 허무를 초극하려는 정신의 순수성이라는 삶 의식을 지향하고 있습니다.

독은 예전부터 지금껏, 오스카 와일드부터 시작해 일본 시인들의 경우를 거쳐 우리나라 시인인 이형기에 이르기까지 유미적 내지 탐미적인 시인에게 관심의 대상이 되어온 소재입니다. 이형기는 사사롭게 제 은 사입니다. 살아생전에, 그는 자신이 허무주의자임을 늘 자처하였지요. 예술의 순수성을 강조하는 이에겐 독이야말로 허무와 대립하면서 또한 서로 동전의 양면 관계를 유지해 왔습니다. 허무와 독……말하자면 이 두 가지는 양날의 칼을 가진 순수 미학의 표상이었습니다.

시의 첫머리는 논리적인 모순의 시적인 긴장을 가지네요. 오래 채운 독과 새로 뽑은 독은 서로 간에 모순된 관계로 대립해요. 하지만 결의의 지속성을 유지할 때 신선한 강도가 높아진다는 논리적 유추를 자연스레 도출할 수가 있어요. 땅덩이가 모래알이 될 만큼의 허무를 극복할 수 있 는 건 순수한 내면에 품어야 할 독기일 따름이랍니다.

그리하여 삶의 두 가지 태도를 암시하는 허무와 독은 서로 선명하게 대립되면서 순수를 지향하는 거지요. 심오한 주제가 함축되어 있는 또 다른 순수시네요. 김영랑 시에 있어서 모란이니, 두견이니 하는 것으로 환기되는 비극의 정조와는 유다른 질감의 순수시 말입니다.

시인 김영랑은 최근인 2018년에 이르러 3·1운동에 참여한지 99년 만에야 비로소 독립유공자로 추서되었습니다. 그는 휘문의숙 3학년 때 3·1운동이 일어나자 독립선언문을 구두 안창에 숨겨 고향 강진으로 내 려갑니다. 여기에서 만세 운동을 주도하다가 6개월의 옥고를 치렀습니 다. 그는 이 이후 끝까지 신사참배와 창씨개명을 거부합니다.

그의 삶이 현실에 순응하는 삶이 아니었듯이, 그의 시도 현실에 순응 하는 시가 결코 아니었습니다. 그의 순수시는 시편 「독을 차고」에서 볼 수 있듯이 때로는 가열(苛烈)함의 인간 정신을 고양하고 있습니다.

남으로 창을 내겠소

김상용

남으로 창을 내겠소
밭이 한참갈이
괭이로 파고
호미론 김을 매지요.

구름이 꼬인다 갈 리 있소.
새 노래는 공으로 들으랴오.
강냉이가 익걸랑
함께 와 자셔도 좋소.

왜 사냐건
웃지요.

* 한참갈이 : 소로 잠깐이면 갈 수 있는 작은 논밭의 넓이.
* 공으로 : 공짜로.
* 강냉이 : 옥수수. 옥수수가 중국 장강 이남에서 왔다는 점에서 '강래(江來)'가 어원이 된다.

　자연은 인간에게 있어서 영원히 마음의 쉼터가 됩니다. 자연과 몸을
섞으며 생을 관조하는 사람에게는 축복된 웃음을 통해 생존의 기쁨을
확인하지요. 남으로 창을 내는 뜻은 밝고 희망찬 삶의 전망을, 자연을 통
해 바라보려는 여유롭고 달관된 인생관이라고 말할 수 있겠지요. 마루
가 햇빛을 받고 남으로 창을 내는 남향받이의 집이라면 옛 사람의 표현
으로 복거(卜居)라고 할 수 있겠지요. 복거란, 풍수지리의 관점에서 살만
한 자리를 정한다는 말이에요.

　김상용의 시편 「남으로 창을 내겠소」(1934)입니다.

　여기에서 화자의 달관한 인생관이 어느 정도 구체적으로 명시된 행은
'구름이 꼬인다 갈 리 있소.'입니다. 여기서 말하는 구름이란, 세속의 헛
된 명리(名利)를 말하는 것이겠지요. 속된 것은 헛된 것이에요. 세상일의
욕망이 자신을 유혹한다고 해도 결코 응하지 않겠다는 삶의 자세가 드
러나 있는 행입니다.

　　왜 사냐건
　　웃지요.

　매우 응축된, 문답형식의 수사적 표현입니다. 이 웃음은 여백과 여운
을 느끼게 하는 여유로운 웃음입니다. 두루 아시다시피, 이백(李白)의 저
유명한 시편에서 텍스트 관련성을 가져 왔습니다. 한 번쯤 음미해 볼 만
하죠.

　　내게 묻노니 어찌 푸른 산에 사느냐고.
　　대답 대신에 웃으니 절로 마음이 한가롭네.

복사꽃 흩날려 아득히 물 따라 흐르니,
이 별천지는 인간 세상이 아니라네.

　자연에 숨은 사람의 삶 의식은 본질적으로 탈속적이며 자연친화적일
수밖에 없습니다. 지사적인 삶의 기준에서 본다면 물론 그것은 현실도
피라고 말할 수 있겠지만, 자연에 대한 갈망은 평화를 지향하는 삶 의식
의 충동이기도 합니다.

　이 시의 형식적 특징은 어조(tone)에 있습니다. 어조는 화자가 청자에
게 취하는 말의 태도, 말의 몸짓이에요. 이 시의 화자인 탈속인은 청자인
속인(俗人)에게 대답 없는 웃음으로써 제 나름의 삶의 가치관을 드러내
고 있어요. 화자의 어조는 매우 겸허하고 아주 친숙해요. 또 담백한 느낌
마저 주는군요.

　이 시는 글이 지닌 독특한 품격을 보여주는 글투의 시가 아니라, 말이
갖는 태도와 느낌을 전달하는 말투의 시라고 하겠어요. 마음의 깊이로
부터 우러나온 진실한 말이야말로 청자(독자)의 마음을 움직이게 해요.
반면에, 이 시에 나타난 말씨와 말투를 통해 우리도 평화로운 전원에 칩
거하고 싶은 자의 결곡한 마음 상태를 읽을 수 있다는 겁니다.

　그런데 제가 아주 오래 전에 우연히 다음의 시구를 보았어요. 지금으
로부터 한 30년 전의 일입니다.

　창을
　남쪽으로 뚫어라.
　하늘 한복판 쏟아 내리는 황금의 햇발을
　담복 가슴에 안으련다.

　이 부분은 시인 오일도의 「창을 남으로」(1935)란 시에서 인용했습니다.

김상용의 「남으로 창을 내겠소」를 발표한 이듬해의 작품이에요. 그는 김상용과 『시원(詩苑)』 동인으로 활동했습니다. 개인적으로 잘 알고 지낸 사이였던 것 같아요. 그렇다면, 「창을 남으로」는 「남으로 창을 내겠소」에 대한 화답시가 아닌가, 하고 짐작이 되네요.

1930년 상해

피천득

겨울날 아침에
입었던 꽈스를 전당잡혀
따빙을 사먹는 꾸리가 있다.

알라 뚱시 치롱 속에
넝마 같이 팔려 버릴
어린아이가 둘
한 아이가
나를 보고 웃는다.

　수필가로 저명한 피천득은 1930년 당시에 중국 상해에서 호강대학교 예과를 다니고 있었어요. 시편 「1930년 상해」는 처음 어디에 발표했는지 잘 모르겠지만 1930년 당시에 시상을 가다듬고 메모를 남긴 것이 분명해요. 시의 내용도 비교적 간단하잖아요? 이 정도면 메모를 해두지 않았어도, 이미 머릿속에 담겨 있었을 겁니다. 피천득은 애최 시인이었어요. 그는 자신의 주옥같은 서정시를 엮은 시집인 『서정시집』(1947)도 일찍이 상재했어요.

　이 시의 본문에는 중국어가 그대로 드러나고 있어요. 낯설게도 말입니다. 비교적 잘 알려진 단어는 '꾸리(일꾼)'와 '뚱시(물건)'인데요, 문제는 '꽈스'와 '따빙(大餠)'과 '알라'예요. 이 세 단어에 대한 풀이는 동학사 본에 각주가 달려 있어 독자들이 참고할 수 있어요. '꽈스'는 중국의 상의, '따빙'은 호떡, '알라'는 외치는 소리래요.

　그런데 세상에 어찌된 일인지, 내가 아는 중국인에게 알아본 바로는 세 단어에 대한 해독이 모두가 잘못되어 있지 않아요? 꽈스는 외투이며, 따빙은 큰 찐빵이요, 알라는 '내 / 나의'라는 뜻이랍니다. 동학사 본은 '알라 뚱시'를 '넝마주이'라고 풀이하고 있지만, 이는 전혀 뜻이 달라요. 이 말은 '내(我的) 물건'의 상해 방언이라고 해요. 웬만한 중국 사람들은 우리식의 표준어인 보통화(북경어)가 아니래도 다 아는 말이랍니다.

　경험과 체험은 똑같은 말이지만 어감의 차이가 납니다. 체험이 경험보다 의미의 강도가 높지요. 경험 가운데서는 잊어진 것도 있고 잊어지지 않은 것도 있습니다. 그런데 잊어진 체험이란 있을 수 없는 말입니다. 체험이란, 기억되고 있는 것뿐이지요. 피천득에게 있어서 1930년 상해의 그날은 평생을 두고 잊어질 수 없는 경험이랍니다. 그러기에 또 체험인 것이죠.

이 시는 이른바 '체험시'라고 불릴 수 있어요.

체험시의 이론적인 근거는 괴테의 산문인 「젊은 시인들을 위한 한 마디 말」(1832)에서 비롯됩니다. 시의 내용은 바로 시인 자신의 삶의 내용이란 것. 서정시는 가장 주관적인 성향의 문학 갈래입니다. 따라서 체험은 시인의 주관성을 나타내는 지표가 돼요. 독일에서는 체험으로서의 서정시가 강조되는 전통이 있지요. 일반적으로 체험시라고 말해지는 '엘레프니스-리리크(Erlebnislyrik)'는 독일적인 특성의 서정시예요. 독일의 고유한 문화 전통인 '내성성(內省性)'과 무관치 않으리라고 보입니다.

독일적인 성격과 상관없이 피천득의 「1930년 상해」는 체험시의 좋은 사례가 됩니다. 이 시는 피천득 문학의 유다른 내성성(주관성)이 고취된 결과로 볼 수 있습니다. 넝마에 담은 어린아이를 데리고 와서 물건을 파는 것처럼 거리에 팔려는 꾸리는 두 어린아이의 아버지가 되는지, 아니면 버려진 아이를 물건처럼 주워 와 거리에 내다파는 인신매매업자인지 잘 알 수 없어요.

이유 여하를 막론하고, 어린아이를 돈으로 팔다니. 아무리 돈이 좋아도 그럴 순 없지요. 시인 피천득은 이 시를 통해 가장 부도덕한 세상을 그려내고 있어요. 이 대목에서 반전의 묘가 드러나네요. 넝마 속의 어린아이들은 상품으로 물화(物化)되어 있지만, 한 아이가 시적 화자를 바라보면서 웃고 있어요. 쓰레기통 속의 진주와 같은 것. 또한, 비정의 정원에 핀 '악의 꽃'이랄까요? 각박한 현실 속에서 바라보는 여유로운 시선. 이게 관조란 게, 아니에요? 그악한 세상의 몰인정하고도 살풍경한 모습 속에서 반짝 드러나는 이 인간적인 천진성이야말로 이 시의 초(超)현실이거나, 현실로부터의 승화된 힘이라고 할 수 있었겠지요.

바위

유치환

내 죽으면 한 개 바위가 되리라.
아예 애련에 물들지 않고
희로에 움직이지 않고
비와 바람에 깎이는 대로
억년 비정의 함묵에
안으로 안으로만 채찍질하여
드디어 생명도 망각하고
흐르는 구름
머언 원뢰
꿈꾸어도 노래하지 않고
두 쪽으로 깨뜨려져도
소리하지 않는 바위가 되리라.

* 애련(愛憐) : 사전적인 의미는 약자를 가엾게 여겨 사랑하는 마음이지만, 문맥상의 의미로는 깊은 사모와 연민의 정인 것으로 보인다.
* 희로(喜怒) : 기쁨과 노여움.
* 억년 비정의 함묵 : 오랜 세월을 입을 다물고 말하지 않음으로써 자기감정을 완벽하게 절제하는 것.
* 원뢰(遠雷) : 멀리서 들려오는 우렛소리.

동양권에서 시의 대세는 주정(主情)이었습니다. 주정이란, 감정의 세계를 중심으로 한다는 얘기죠. 하지만 의지의 관점에서 중시한 한 경향이 없지 않았어요. 이때 시는 '뜻이 가는 바(志之所之也)'예요. 유치환 시인의 시편인 「바위」는 부드러운 정서에 감응하기를 거부하고 단호한 의지를 내면화하고자 한다는 점에서 '주의시'에 해당합니다. 이처럼, 유치환은 전통적 문사들이 그랬듯이 시를 일종의 심성 도야의 수단으로 본 것 같아요. 그는 인연의 애련에 물들기도 했던 다감한 정승(情勝), 말하자면 주정의 시인이기도 하였지만, 대체로 동병상련과 희로애락조차 함구불언했던 비정한 시인이었답니다.

이 시는 비장감이 도는 역설의 시학예요. 이 역설은 생명의 망각을 통해 바위 같은 물활론적인 의지를 관념화하거나, 밖으로 보기에 냉정하고 냉엄한 가운데 안으로만 채찍질하는 자학적(masochistic)인 희열의 극치를 은닉했다는 데서 찾을 수 있다는 거예요.

이 시는 사물의 촉감을 거부한 관념의 시입니다.

이때 바위는 '돌'스러운 물상의 구체적인 심상을 해체하면서 독자들이 바위처럼 굳건한 심지(心志)만을 추상적으로 인식하기를 강요하고 있습니다. 바위로 체감되기 이전에, 이미 선험적인 관념이 전제되어 있다는 겁니다. 여기에 물심불리(物心不離)로 표현되는 유교적인 감정이입도 엿보입니다. 따라서 이 시는 이를테면 '플라톤적인 관념시'라고 할 수 있겠습니다.

물론 이 용어는 신비평가 J. C. 랜섬의 분류에서 비추어본 것입니다. 랜섬은 물질시와 관념시를 나눈 바 있었어요. 전자가 구체적 사물의 감각에 의해 직접적으로 경험되는 육체의 결(texture)이라면, 후자는 사상이나 이념에 관한 설명을 부가한 개념적 골격으로서의 틀(structure)이에요.

유치환의 「바위」는 정서의 결보다 사상의 틀로 이룩된, 미의식보다는 삶 의식이 크게 부각된 시편입니다. 원시적인, 내지 원초적인 생명에 대한 존재론적 몸부림과, 허무를 초극하려는 결연한 의지가 누구보다도 강렬했던 유치환의 시로서는 당연한 귀결이리라고 봐요.

　흐르는 구름
　머언 원뢰
　꿈꾸어도 노래하지 않고

저는 이 시에서 가장 난해한 부분이라고 생각합니다. 흐르는 구름과 멀리서 들려오는 우렛소리가 어쨌기에, 시의 화자가 꿈을 꾼다고 했을까요? 아무리 생각해도 알 수 없는 일입니다. 시의 본문에 나타난 '원뢰'의 뢰(雷)는 우레, 우렛소리를 가리킵니다. 우렛소리는 조선 초기에 '울엣소리'라고 표기한 것으로 보아 꽤 연원이 깊은 고유어인가 봐요. 그런데 이 낱말은 두 겹의 뜻을 가지고 있어요. 하나는 우리가 잘 알고 있는 천둥소리요, 다른 하나는 동물의 수컷이 암컷을 부르는 소리입니다. 시인은 전자가 아닌 후자에 염두에 두고 '꿈꾸다'라고 말하지 않았을까, 해요.

그렇다면, 난해함이 좀 풀릴 것 같지 않아요?

남녀 간의 성적인 교합을 두고, 예로부터 '운우지정'이라고 하였지요. 이와 관련이 있을 듯해요. 성적인 본능을 바란다고 해도, 이에 탐닉하지 않겠다는 것. 남녀 간의 소위 정교(情交)라는 것도 일종의 주정의 세계예요.

포괄적인 의미의 감정적인 세계에 대한 비정한 도전 의식이 담긴 시편인 「바위」는 결코 이해하기 쉬운 시가 아니로군요. 시대의 억눌림을 강잉하는 달관된 언어의 표정도 보이는군요.

독자 여러분이 저만의 독특한 의견에 대해 동의하지 않는다면, 비평은 본질적으로 다의미적인 독해의 과정이랄까, 혹은 '창조적인 오독' 의 소산이랄까, 하는 의견들에 귀를 기울여보기를 바래요.

여 승(女僧)

백 석

여승은 합장하고 절을 했다.
가지취의 내음새가 났다.
쓸쓸한 낯이 옛날같이 늙었다.
나는 불경처럼 서러워졌다.

평안도의 어느 산 깊은 금점판
나는 파리한 여인에게서 옥수수를 샀다.
여인은 나 어린 딸아이를 때리며 가을밤 같이 차게 울었다.

섶벌 같이 나아간 지아비 기다려 십 년이 갔다.
지아비는 돌아오지 않고
어린 딸은 도라지꽃이 좋아 돌무덤으로 갔다.

산꿩도 섧게 울은 슬픈 날이 있었다.
산절의 마당귀에 여인의 머리오리가 눈물방울과 같이 떨어진 날이
있었다.

* 가지취 : 참취. 국화과의 여러해살이풀. 봄이면, 향긋한 향이 아주 일품이다.
* 금점판 : 주로 수공업적 방식으로 작업하던 금광의 일터.
* 파리한 : 창백한. 몸이 마르고 낯빛이나 살색이 빛이 없는.
* 섭벌 : 꿀을 따러 밖으로 나간 일벌.
* 나아간 : 나간.
* 울은 : 운.
* 마당귀 : 마당의 한쪽 귀퉁이.
* 머리오리 : 머리올. 머리카락.

이 시에는 시인 백석의 자전적 경험이 반영된 게 분명해 보입니다. 한 여인의 불우한 인생을, 시인은 서정시라는 긴축의 언어 속에 담았습니다. 여승이 된 여인은 한 순간에 그냥 스쳐지나간 정도가 아닌 듯해요. 산사의 뒤꼍 어느 곳에서 그 동안의 살아온 이야기를 듣고 쓴 시인 것 같아요. 비구니와 내외하지 않고 과거의 일들을 주워들을 수 있었다는 건 그 만큼 한때 낯이 익었다는 것의 방증이 아닐까, 해요.

제1연은 현재의 이야기입니다. 오래간만에 찾아가 만났는지, 아니면 우연히 만났는지 알 수 없어요. 쓸쓸하게 보이는 여승의 얼굴에도 삶의 슬픈 내력과 오래된 사연들이 스쳐 지나갑니다. 내가 불경처럼 서러워졌다는 게 무엇을 뜻할까요? 불경을 독송, 염송하는 다음에 배어있는 여운이 무척 슬프다는 거예요. 49재 같은 걸 경험하지 못한 사람은 정말 몰라요.

제2연은 먼 과거의 이야기입니다. 시인은 금점판에서 옥수수를 파는 속세의 여인을 우연히 만났나 봅니다. 이때 보채는 나이 어린 딸을 때리면서 가을밤처럼 차갑게 울었지요. 그 시대에 누구에게나 있음직한 삶의 간고함을 엿볼 수 있는 대목입니다. 금점판은 황금광 시대에 흔히 볼 수 있는 광경입니다. 채만식이나 김유정 등의 작가가 활동하던 1930년대의 소설에서도 일확천금의 욕망을 엿볼 수가 있습니다.

제3, 4연은 시간이 점차 가까워지고 있습니다. 아마 단번에 많은 돈을 움켜지기 위해 집을 나간 남편은 끝내 돌아오지 않습니다. 어린 딸도 죽어서 돌무덤으로 갔어요. 여인은 속세의 모든 인연을 끊고 출가합니다. 남편은 가출하고, 아내는 출가하고. 이 신산스러운 사람살이의 내력을 시인이 접하게 됨으로써 가족 공동체가 해체된 가혹한 운명에 대한 연민의 정을 한 장의 종이 위에 담은 거겠지요.

이 시는 정영상이라기보다 동영상으로 엮어져 있어요. 빛바랜 흑백사진 같다기보다는, 현재에서 대과거로, 대과거에서 과거로 '플래시백'이 되어 편집된 한 편의 무성영화와도 같습니다.

낡은 우물이 있는 풍경

김종한

능수버들이 지키고 있는 낡은 우물가
우물 쪽에는 푸른 하늘 조각이 떨어져 있는 윤사월

—아주머님,
지금 울고 있는 저 뻐꾸기는 작년에 울던 그 놈일까요?

조용하신 당신은 박꽃처럼 웃으시면서

두레박을 넘쳐흐르는 푸른 하늘만 길어 올리시네.
두레박을 넘쳐흐르는 푸른 전설만 길어 올리시네.

언덕을 넘어 황소의 울음소리로 흘러오는데
—물동이에서도 아주머님 푸른 하늘이 넘쳐흐르는구려.

우리말에 '내외하다'라는 말이 있습니다. 낯선 남녀 사이에 서로 얼굴을 마주 대하지 않고 피하는 것을 가리키는 말입니다. 이 말은 시대적으로 맞지 않아 우리의 삶 현장으로부터 이미 퇴출된 말이라고 할 수 있겠지요. 이 시는 생면부지의 남녀가 우물가에서 물을 얻어 마시는 장면인데요, 그 시대의 풍속이라면 서로 내외해야 할 상황인 데도 불구하고, 남자가 여자에게 말을 걸고 있습니다.

지금 울고 있는 저 뻐꾸기는 작년에 울던 그 놈일까요?

얼마나 할 말이 궁했으면, 이런 생뚱맞은 물음을 던졌을까요? 옛날에는 이러한 걸 두고 추파를 던진다고 했어요. 추파……라구요? 가을의 물결을 뜻하는 말입니다. 잔잔한 마음의 평면에 파문을 일으키는 걸 비유한 것이겠지요. 또 수작을 건다는 말도 있어요. 본디의 의미로는 술잔을 주고받는다는 건데, 대화를 이끌어내는 상황을 가리키지요.

이 시는 1937년 1월 1일자 조선일보에 발표된 신춘문예 시 부분 당선작입니다. 제목이 풍경이라고 하고 있듯이 시각적인 이미지가 잘 드러나 있습니다. 한적한 시골 마을, 낡은 우물가, 평화로운 자연 환경, 박꽃처럼 순결한 인정세태……. 여기에 무슨 각박한 삶이 있고, 지금 우리를 괴롭히는 미세먼지가 어디 있었겠어요? 분명히 말해 사회경제적으로 어려운 시대였지만, 한편으로 볼 때 잃어버린 낙원 같은 세상입니다. 순박한 사람들과 푸르디푸른 하늘. 우리가 잃어버린 낙원이 아닐까요?

시인 김종한은 윤동주와 동시대에 살았습니다. 윤동주보다 한 해 빨리 태어났고, 또 한 해 먼저 세상을 떠났습니다. 윤동주가 살아생전에 문단 활동을 전혀 하지 않았다면, 그는 시집을 두 권이나 내면서 문단 활동도 왕성히 했지요. 하지만 그는 친일의 오점으로 점철된 짧은 생애를 보냈습니다. 그는 매우 뛰어난 시적인 재능에도 불구하고, 시대를 잘못 만남으로써, 결국 윤동주와는 정반대 편에 서게 되고 말았네요.

무서운 밤

함형수

    사나운 몸부림 치며 밤내 하늬바람은 연약한 바람벽을 뒤흔들고 미친 듯 울음 치며 긴긴 밤을 눈보라는 가난한 볏짚 이엉에 몰아쳤으나 굳게 굳게 닫히운 증오의 창에 밤은 깊어도 깊어도 한 그루의 붉은 순정의 등불이 꺼질 줄을 모르고 무서웁게 무서웁게 어두운 바깥을 노려보는 날카로운 작은 눈동자들이 빛났다.

* 하늬바람 : 서쪽에서 불어오는 바람. 갈바람이라고도 한다.
* 바람벽 : 방이나 칸살의 옆을 둘러막은 둘레의 벽. 바람(고유어)과 벽(한자어)은 같은 말이다.
* 이엉 : 초가집의 지붕이나 담을 이기 위하여 짚이나 새 따위로 엮은 물건. 한자어 개초(蓋草)는 비슷한 말이다.

세칭 시인부락파 시인의 한 사람으로 활동한 함형수의 시편 「무서운 밤」(시인부락, 제2호, 1936, 12.)을 소개합니다. 그는 함경북도 경성에서 태어났습니다. 원래의 산문시 형태는 유지해 인용했습니다만, 현대의 독자들이 읽기 편하게 띄어쓰기를 했습니다. 띄어쓰기를 무시한 시인의 의도를 무시할 수 없지만 이 의도가 큰 의미를 부여하지 않은 것 같아서입니다.

사납게 몸부림을 치는 하늬바람. 남쪽 지방에서는 이 바람을 주로 서풍으로 여기고 있습니다. 그런데 함형수 시인과 같이 북쪽 사람들은 하늬바람을, 겨울철에 시베리아와 만주에서 불어오는 강하고 차가운 북서풍으로 인식하는 경향이 있습니다. 이 시에서도 마찬가지입니다. 무서운 밤과 대치하는 것은 등불입니다. 근데, 이 등불은 연약해 보여도 무섭도록 어두운 세상을 향해 날카롭게 노려보는 빛나는 눈동자에 비유됩니다. 말하자면, 시인 자신의 눈동자이지요.

이 시에서 시인이 굳게 닫힌 증오의 창 너머 내다보며 어두운 시대의 밤을 묘파한 것은 당시 어두운 시대 상황을 비추어 볼 때 정신의 광채(光彩)가 번득였던 적확한 시적 표현이었다고 보입니다.

시인 함형수는 서정주 · 김달진 · 김동리 · 오장환 등과 친교를 맺으면서 동인지 『시인부락』을 중심으로 잠시 시인으로서 활동합니다. 만주로 가 교사 생활을 하면서 더 이상 시를 쓰지 않았었지요. 그는 해방 후에 고향으로 돌아가 공산치하에서 심한 정신착란증으로 시달리다가 갓 서른의 불우한 생을 마친 것으로 알려져 있습니다.

함형수와 가장 친했던 서정주는, 1990년에 부산 동래에 있던 한 병원에 입원한 자신의 늙은 아내를 간병한 적이 있었지요. 그는 여기에서 55

년 전의 함형수를 회상합니다. 그때 쓴 「노처(老妻)의 병상 옆에서」(1990)라는 시 작품을 통해 그의 내면 풍경을 살펴볼 수도 있어요. 제가 줄글의 형태로 그냥 재구성해보면 대체로 이렇습니다.

병든 아내가 잠들어 있는 병원 5층의 유리창으로 내다보이는 거리에는 전등불의 행렬이 있는 것 같다. 이것은 마치 아주 딴 세상의 하모니카 구멍들만 같다. 55년 전의 어느 달밤에 성북동에서 하모니카를 불고 가던 소년 시인 함형수가 내는 도리고의 세레나데 소리가 들린다. 이미 오래 전에 죽은 함형수가 딴 세상에서 불고 있는 꼭 그 하모니카 소리와 같다.

또 다른 고향

윤동주

고향에 돌아온 날 밤에
내 백골이 따라와 한 방에 누웠다.

어둔 방은 우주로 통하고
하늘에선가 소리처럼 바람이 불어온다.

어둠 속에 곱게 풍화작용하는
백골을 들여다보며
눈물짓는 것이 내가 우는 것이냐
백골이 우는 것이냐
아름다운 혼이 우는 것이냐.

지조 높은 개는
밤을 새워 어둠을 짖는다.
어둠을 짖는 개는
나를 쫓는 것일 게다.

가자 가자
쫓기우는 사람처럼 가자.

백골 몰래
아름다운 또 다른 고향에 가자.

이 작품은 바람소리, 곡성(哭聲), 개 짖음으로 연쇄하는 청감의 심상이 완연합니다. 이 심상은 그로 하여금 드높은 초월의 공간으로 상승하도록 자극합니다. 이 시에는 현실과 초현실로 분리되는 대위 체계를 지니고 있습니다. 고향과 또 다른 고향, 어둔 방과 우주, 백골과 혼, 주검의 땅과 생령의 공간 등이 구체적인 적례로 제시될 수 있습니다.

또 다른 고향의 의미는 무엇인가요?

내면에 타오르는 순간적인 불꽃으로서의 이상향이 아닐까요? 이 초월의 세계는 자기희생까지도 감내할 수 있는 구원의 공간일 것입니다. 시인의 영감으로 창안된 밝고도 순결한 나라이죠. 그래서 그는 삿된 어둠으로부터 벗어나고자 합니다. 즉, 이 시는 세계 속의 악령을 세계 밖으로 퇴치하고자 하는 내면적인 자기 제의의 소산이 아닌가, 해요.

윤동주에게는 늘 두 개의 자아가 존재해 있습니다. 고향에 돌아온 날 밤에 내 백골(白骨)이 따라와 한 방에 누웠다. 그는 분명히 고향에 돌아왔습니다. 이 '나'는 현실적 자아일 것입니다. 그런데 '나'만 온 것이 아니라 백골까지 따라왔지요. 이 백골은 무엇일까요? 존재의 박탈감, 죽음. 이런 것을 가리키죠? 백골은 심리적인 혼돈 상태, 텅 빈 마음, 공허감, 미래에 대한 불확실성이에요. 백골과 대조되는 것은 아름다운 영혼이라는 거예요. 이것은 일종의 또 다른 자아, 양심적 자아라고 할 수 있겠지요. 군이 프로이트를 들먹이지 않아도 '나'는 현실의 자아이고, 자아와 영혼 사이에 존재하는 백골이 거짓 자기라면, '아름다운 혼'은 참 자기 내지 '자아이상'이라고 볼 수 있겠어요. 다시 말하면, 백골은 자아라기보다, 자아의 박탈 상태라고도 할 수 있어요.

여기에서는 우선 백골을 중심으로 해 자아의 분열상이 엿보입니다. 이 시에서 현실적인 자아와 양심적인 자아는 서로 분열되어 있습니다.

아름다운 혼이라는 또 다른 나를 일깨우면서 끊임없이 자기의식을 각성시키는 것은 개가 짖는 소리입니다. 이 소리는 끊임없이 양심을 일깨워 주고 있습니다. 그 개 짖는 소리는 마치 자기를 비난하는 것과 같습니다. 양심을 각성시키는 소리랄까? 동주야, 네가 공부만 하면, 다냐, 멍멍……너, 앞으로 일본으로 유학가려고 창씨개명할 거지, 멍멍멍……이 개야말로 바로 지조로 투사된 상징물인 거죠. 그래서 쫓기는 사람처럼 가자. 어디로? 아름다운 혼이 있는 또 다른 고향으로 가자는 겁니다. 윤동주는 자기 자신을 이상화시킨 겁니다. 그 시대에 자신과 자신의 이상화시킨 모습이 괴리감을 불러일으킬 때, 부끄러움이 생긴다는 거예요.

이 시에는 죽음에 대한 한국인의 관점이나 누대로 이어져온 상례 문화가 반영되어 있어요. 고려 말의 충신이었던 정몽주의 유명한 시조에 보면 이런 표현이 있지 않아요? 이 몸이 죽고 죽어 일백 번 고쳐(다시) 죽어, 백골이 진토 되어 넋이라도 있고 없고……. 한국인의 죽음은 백골이 진토 되는 데 있습니다. 다시 말해, 한국인의 죽음은 두 번 죽는 죽음이에요. 윤동주는 이 시를 쓸 때 풍화작용이란 비시적인 시어를 마뜩찮게 생각했어요. 어쩔 수 없이 선택한 시어랍니다. 그런데 지금 우리가 생각하면 맞춤형 시어 같은 생각이 들어요.

한국인에게 있어서 백골이란 죽어도 죽은 게 아니라는 얘깁니다. 풍화(風化)되고 있는 중이에요. 여기에서 풍화는 지리학적인 개념으로서 지표를 구성하는 암석이 햇빛, 공기, 물, 생물 따위의 작용으로 점차 파괴되거나 분해되는 일(혹은, 그 과정)을 말합니다. 반면에 풍해(風解)는 화학적인 개념입니다. 물을 포함한 결정체가 공기 속에서 수분을 잃고 가루가 되는 것(혹은, 그 결과)을 가리킵니다. 우리의 상례 문화에 중장제(重葬制)가 있었던 것도 우리에게 지니고 있는 두 겹의 죽음관에 근거해요. 우리는 사람이 죽어서 백골로 남아있는 건 반 쯤 죽은 것으로 보고, 진토가 되어야 온전히 죽은 것으로 간주합니다. 신장(身葬)에서 골장(骨葬)에 이르는 과정, 가(매)장에서 본장으로 가는 과정을 거쳐야만 죽음의 의식과 절차가 완성되기에 이른다고 보는 거죠. 이 과정을 우리는 사후라고 하죠. 사후세계라고 할 때의 그 사후 말입니다. 하지만 백골이 진토가 되면 죽음이 남긴 그림자도 영혼도 할 것 없이 모든 게 사라져 사멸의 상태에 빠지는 거죠.

이 사실을 미루어볼 때, 윤동주는 기독교인이기 이전에 한국인이다, 라고 볼 수가 있네요. 문화의 습속은 어쩔 수가 없나 봅니다. 사람들이 교육을 통해 비록 개명(開明)이 된다고 해도 쉽게 버릴 수 없는 것이 전통 습속이요, 문화유산인가 봅니다. 젊은 나이임에도 불구하고, 죽음을 깊이 성찰하고 있는 시인 윤동주는 내성적 침잠의 시인이요, 또 동시에 외향적인 부르짖음이나 외침을 삼갈 줄 아는 시인이었습니다.

제5부 **몽상, 혹은 환각의 체험**

삼수갑산

삼수갑산 가고 지고
삼수갑산 어디메냐
아하 산 첩첩에 흰 구름만 쌔고 쌨네.

삼수갑산 보고 지고
삼수갑산 아득구나
아하 촉도난(蜀道難)이 이보다야 더할소냐

삼수갑산 어디메냐
삼수갑산 내 못가네
아하 새더리면 날아날아 가련만도.

삼수갑산 가고 지고
삼수갑산 보고 지고
아하 원수로다 외론 꿈만 오락가락

* 쌔고 쌨네 : 쌓이고 쌓였네.
* 외론 : 외로운.

안서 김억은 1913년 일본의 경응의숙(慶應義塾) 영문과에 진학했습니다. 1914년에는 도쿄 유학생들이 발간하는 『학지광』에 시를 발표함으로써 시인으로서 활동하기 시작하지요. 또, 이 무렵부터 서구의 시와 시론을 소개하는 데도 앞장을 섭니다. 그 이후 아버지의 갑작스런 죽음으로 인해 학업을 중단하고 귀국한 김억은 1916년부터 오산학교에 교사로 재직합니다. 교사로 근무한 시절에, 그는 학생이었던 김소월을 지도했으며, 이후에 문단 활동 역시 한 시대에 함께했습니다. 이처럼 두 사람의 관계는 각별하다고 할 수 있지요.

김억은 삼수갑산(三水甲山)을 노래하고 있습니다. 함경도의 삼수와 갑산은 우리나라 국토의 변방에 위치한 실제 현장입니다. 지금은 북한의 양강도에 소속된 지명이죠. 7개월에 걸쳐 얼음이 어는 추운 곳. 줄지어 이어진 고산준령으로 가로 막힌 곳. 심지어 삼수와 갑산 사이에는 2천 미터 넘는 산이 놓여 있대요. 땅 이름은 '으뜸의 산에서 발원한 물이 세 줄기로 흘러간다.'라는 뜻에서 삼수갑산이란 말이 유래된 것 같아요. 물론 으뜸의 산은 백두산이요, 세 줄기 물은 압록강과 두만강과 송화강을 가리키고 있지요. 하지만 실제로는 삼수군과 갑산군이 백두산과 세 강으로부터 조금 떨어진 곳에 위치해 있습니다. 이 삼수갑산은 우리나라의 국토 가운데 가장 오지 중의 오지입니다. 제가 젊었을 때 바둑을 좀 즐겼는데, 바둑 두는 사람들에게 뭔가 결단을 앞두고 '삼수갑산에 가더라도'라고 하는 말이 버릇처럼 곧잘 사용되었습니다. 삼수갑산에 귀양을 가더라도 신하로서 임금님께 할 말은 해야 하겠다는 뜻에서 비롯된 말입니다. 최악의 조건에 처해 있는 유배지로서의 삼수갑산. 이곳은 오지의 대명사요, 한 인간이 처한 삶의 한계상황을 가리키는 상징의 언어입니다.

그런데 김억은 왜 삼수갑산을 가고 싶다고 했을까요?

그 이유는 촉나라에서 추방된 망제(望帝)가 돌아가고 싶어 한 고국이기 때문이죠. 이 고사에 빗대어서 삼수갑산을 낙토로 여긴 것입니다. 망제에게 촉나라가 '잃어버린 낙원'이듯이, 김억에게 있어서의 삼수갑산도 현실을 벗어난 그리움의 장소적 기표로서의 유토피아인 것이죠. 시 본문 속의 '촉도난(蜀道難)'은 망제에게 있어서의 촉나라 가는 길의 어려움을 말합니다. 잃어버린 낙원을 되찾는 일이 현실적으로 지극히 어렵다는 사실을 반증하는 것이지요. 이 시에서의 새는 열린 세계로 비상하려는 초월적 꿈의 표상입니다. 촉나라 망제가 한스럽게 죽은 후에 현현했다는 넋의 화신인 이 새는 「촉왕본기(蜀王本紀)」 고사에서 유래된 두견새입니다. 예로부터 이 새는 실향과 망국의 한이라는 시적 의미의 관습으로 쓰여 왔어요.

김억이 삼수갑산을 초현실의 공간으로 보았다면, 그의 제자인 김소월은 이를 현실의 공간으로 봅니다. 서로 다른 인생관이랄까, 처세관을 가지고 있었던 셈이겠지요. 김억이 번역 시집 『망우초(忘優草)』를 간행했을 때는 1934년이었죠. 그는 이때 서울에서 김소월이 거주하고 있던 평안도 구성으로 모처럼 이 책을 보냅니다. 제자인 김소월은 스승으로부터 이 책을 받고 장문의 답장을 보냅니다.

김소월은 아내의 고향인 구성에서 9년째 살고 있었지요. 여기에서 계획한 사업은 대부분 실패로 돌아가 생활고 속에서 헤매고 있었어요. 이 무렵에, 그는 독서도 창작도 아니 하고 아내와 더불어 만날 술이나 마시면서 실의의 나날을 보내고 있었죠. 스승께 보낸 편지의 첫 문단은 이렇습니다.

몇 해만에 선생님의 수적을 뵈오니 감개무량하옵니다. 그 위에 보내주신 책 『망우초』는 재삼 피열(披閱 : 종이류를 펼쳐봄-인용자)하올 때에 바로 함께 있어 모시던 그 옛날이 안전에 방불하옴을 깨닫지 못하였습니다. 제(題)망우초는 근심을 잊어버린 망우초입니까? 잊어버리는 망우초입니까? 잊(고)자 하는 망우초입니까? 저의 생각 같아서는 이 마음 둘 데 없어 잊(고)자 하니 이리 불러 망우초라 하였으면 좋겠다 하옵니다. (1934, 9, 22, 밤)

김소월은 자신의 근심 잊음을 과거형도 현재형도 아닌 미래형으로 간주하고 있습니다. 그의 심경에는 근심을 잊을 수 없었고, 지금도 근심을 잊을 수 없어, 다만 앞으로 근심을 잊으려고 할 따름이라는 것입니다. 그는 참으로 근심이 많은 사람입니다. 그렇기 때문에 시인은 삼수갑산을 낙토가 아니라 자신에게 처해 있는 현실로 파악하고 있습니다. 실제로 이곳은 조선시대에 정치권으로부터 추방당한 정객(政客)들의 호젓한 유배지로서 잘 알려져 있지 않습니까? 현실에서 좌절하고 있는 그는 이곳을 유폐당한 수인(囚人)의 모습으로 자기상에 투사한 상징적 공간으로 여겼지요. 그는 스승에게 보낸 마지막 편지글에서 자신의 심경을 담은 시 한 편을 덧붙입니다.

삼수갑산 내 왜 왔노 삼수갑산이 어디뇨
오고 나니 기험(崎險)타 아하 물도 많고 산첩첩이라 아하하

내 고향을 돌아가자 내 고향을 내 못가네
삼수갑산 멀더라 아하 촉도지난(蜀道之難)이 예로구나 아하하

삼수갑산이 어디뇨 내가 오고 내 못가네
불귀(不歸)로다 내 고향 아하 새가 되면 떠 가리라 아하하

님 계신 곳 내 고향을 내 못가네 내 못가네

오다가다 야속타 아하 삼수갑산이 날 가두었네 아하하

내 고향을 가고지고 오호 삼수갑산 날 가두었네
불귀로다 내 몸이야 아하 삼수갑산 못 벗어난다 아하하

이 시는 김소월이 스승인 김억에게 보낸 편지글 속에 포함된 것으로, 훗날 스승이 언론에 공개했던 최후의 유작 시입니다. 김억의 「삼수갑산」을 보고 지었으니, 일종의 화답시라고 하겠지요. 김소월이 지은 이 시의 제목은 「차안서선생삼수갑산운(次岸曙先生三水甲山韻)」입니다. 안서 선생의 시 '삼수갑산'을 차운(次韻)한 시라는 뜻입니다. 차운이란, 한시의 창작에 있어서 남이 지은 시의 운자(韻字)를 따서 시를 짓는 방법 내지 관습이라고 하지요. 한시가 아닌 한글 근대시의 경우에는, 남이 지은 작품에서 느낌의 여운이나 여백을 이용한다는 뜻이 되겠지요.

이 시의 화자가 절망의 끝 간 데인 극적인 한계상황에 부딪혀 고뇌하고 있다는 점에서, 죽음을 앞둔 김소월 자신의 심경을 다소 짐작할 수 있습니다. 우리는 이 시를 통해 한 평생을 외롭게 살다간 김소월의 측량할 수 없는 고독의 깊이를 엿볼 수 있으며, 또한 이 고독은 세계와의 격절(隔絶)에서 오는 자아의 고통이란 걸 알게 하지요. 따라서 김소월은 이 고통을 극복하지 못했기 때문에, 그 멀고도 험한 죽음의 길을 선택하였고, 영원한 불귀(不歸)의 객이 되고 말았던 겁니다. 그는 자신의 말마따나 미래의 근심을 잊기 위해 죽음의 유혹으로부터 벗어나지 못했던 것으로 보입니다.

김억의 '촉도난'이 「촉왕본기」 고사에서 인용한 것이라면, 김소월의 '촉도지난'은 "촉나라 가는 길의 어려움이여, 푸른 하늘에 오른다고 한들 이처럼 어려우랴?(蜀道之難, 難於上靑天)"라고 한 이백(李白)의 시구에서 따온 것으로 짐작됩니다. 험난한 세상살이와 처세의 어려움을 견뎌내지 못한 김소월의, 정신적으로 절박한 자기 상황의 토로이기도 하겠네요.

김소월의 화답시인 「차안서선생삼수갑산운」에는 '아하'와 '아하하'라고 하는 의성어가 한결 비감의 정조를 고조시키고 있군요. 이에 관해, 중견 시인인 정끝별이 최근의 신문 지상에 흥미 있는 짧은 감상을 내놓기도 하였습니다.

죽고 난 후에 발표된 이 시를 보면 소월은 자신의 죽음을 예감한 듯하다. 되풀이되는 '아하'와 '아하하' 사이에서 격정의 격절이 감지된다. 감탄 같고 자조 같은, 웃음 같고 울음 같은, 한숨 같고 해탈 같은 내파된 내면이 느껴진다. (조선일보, 2018. 2. 26.)

김소월이 자기 고향 곽산을 등지고 생애의 마지막 9년을 처가 마을인 구성에서 보냅니다. 그에게 있어서 여기 구성은 실패한 삶의 현장이었습니다. 여기야말로 그에겐 유배지와 같은 삼수갑산이었던 곳이지요. 김억의 삼수갑산이 관념적인 초현실이었다면, 그의 삼수갑산은 실존적인 고난의 현실이었지요. 그래서 김억이 '아하'라는 감탄의 평면적 차원에만 머물고 말았다면, 그는 '아하'의 감탄과 '아하하'의 비탄이 뒤섞인 입체적인 직정의 날과 씨를 이룬 것이겠지요. 고통 받는 현실인 '지금 여기'가 인간에게는 늘 삼수갑산이 아닐 수 없습니다.

청천의 유방

이장희

어머니, 어머니라고
이런 마음으로 가만히 부르고 싶은
푸른 하늘에
다사한 봄이 흐르고
또, 흰 볕을 놓으며
불룩한 유방이 달려 있어
이슬 맺힌 포도송이보다 더 아름다워라.
탐스러운 유방을 볼지어다.
아아, 유방으로서 달콤한 것이 방울지려 하누나.
이때야말로 애구의 정이 눈물겹고
주린 식욕이 입을 벌리도다.
이 무심한 식욕
이 복스러운 유방……
쓸쓸한 심령이여, 쏜살같이 나를지어다.
푸른 하늘에 나를지어다.

* 애구(哀求) : 애처로운 요구.

시인 이장희는 은유의 귀재입니다. 봄을 고양이로, 푸른 하늘을 젖가슴으로 은유한 것은 상식의 허를 찌른 수사학의 쾌거예요. 이 시 「청천의 유방」은 1926년에 발표한 시입니다. 매우 감각적인 표현이 눈에 띄네요. 우리 근대시의 역사에서 존재한 1930년대의 이미지즘 시의 전조 현상처럼 느껴집니다. 세상에는 온통 거친 구호와 같은 새 경향의 사회주의 시들이 시단을 휩쓸고 있던 시대에 이런 유의 반(反)사회학적인 시는 오히려 가문 날의 단비와 같은 시라고나 할까요?

경제적으로 남부럽지 아니한 집안에서 살아온 시인은 다섯 살의 나이에 어머니를 떠나보냅니다. 그 후에 집안에 계모가 두 차례 들어옵니다만, 그의 모성 결핍은 평생을 두고 마음의 외상으로 남게 됩니다. 따라서 이 시는 모성의 자애로움에 대한 순수 지각으로서의 조형적인 이미지요, 동심으로 재구성된 권태로운 정염의 (약간 병리적인 차원의) 오이디푸스 콤플렉스라고 하겠습니다.

하지만 이 심층심리적인 표상과 기억은 이 시에서 생명 의식을 고양시킨다는 점에서 사뭇 긍정적인 역할을 수행합니다.

시인이 돌아가신 어머니의 환영을 찾고 있는 것도 일종의 백일몽이라고 하겠습니다. 프로이트는 『꿈의 해석』(1900)에서 이 용어를 공상이나 환상의 동의어로 사용했대요. 밤의 꿈과 마찬가지로 소망을 충족하고 욕망을 실현하는 작업이긴 하지만, 이것은 꿈의 작업에서 꿈의 불합리한 요소인 논리적인 모순 등을 제거하는 2차 가공의 단계를 거칩니다.

여성 정신분석가 멜라니 클라인에 의하면, '청천의 유방'에의 몽상은 대상의 이상화입니다. 그녀는 언제나 사용이 가능하고 고갈되지 않은 어머니의 젖이 이상화된 자질을 갖춘 좋은 대상이라고 여겼죠. 따라서 이장희가 그려낸 푸른 하늘의 젖가슴은 파괴의 욕동에 대한 방어이기도 합니다.

열 락

김소월

어둡게 깊게 목 메인 하늘.
꿈의 품속으로서 굴러 나오는
애달피 잠 안 오는 유령의 눈결.
그림자 검은 개버드나무에
쏟아져 내리는 비의 줄기는
흐느껴 비끼는 주문의 소리.

시커먼 머리채 풀어 헤치고
아우성하면서 가시는 따님.
헐벗은 벌레들은 꿈틀일 제,
흑혈의 바다. 고목의 동굴.
탁목조(啄木鳥)의
쪼아리는소리, 쪼아리는소리.

* 개버드나무 : 버드나무류의 한 가지. 냇가에서 잘 자라는 갯버들일 가능성이 있다.

* 흐느껴 비끼는 : 흐느끼면서 비스듬히 늘어지는. 김소월이 자주 사용한 시어 '비끼다'는 용비
어천가의 '빗다'와 두시언해의 '빗기다'에서 문헌적인 계보를 확인할 수 있다.

* 꿈틀일 제 : 꿈틀거릴 적에.

* 흑혈의 : 피처럼 검붉은.

* 탁목조 : 딱따구리. 나무속의 해로운 벌레를 잡아먹는 이로운 새.

* 쪼아리다 : 새 부리의 뾰족한 끝으로 쳐서 찍어내다.

■ 해설

이 작품 「열락」은 『개벽』 1922년 6월호에 처음으로 발표되었습니다. 그리고 별다른 수정 없이 김소월 시집 『진달래꽃』(매문사, 1925)에 실리게 됨으로써 확정된 텍스트로 전해져 왔습니다.

제가 카를 융의 심리학을 연구하는 이부영의 『분석심리학』(일조각, 1988)을 우연히 읽으면서 무슨 영감 같은 게 스쳐 지나갔는데요. 이 책에 이런 표현이 있어요. "버드나무는 유령과 관계하는 동시에 귀신을 쫓는 마력을 가지고 있다고 믿어지는 나무이다."(188면) 이 견해는 우리나라의 민간신앙과 관련을 맺고 있습니다. 그것은 버드나무와 유령이 서로 성 관계를 맺으면서 때로 원수지간처럼 천적의 관계를 맺고 있다고 사람들이 믿어 왔다는 것. 빗줄기 소리는 흐느껴 비끼는, 즉 흐느끼면서 비스듬히 늘어진 주문(呪文)의 소리라네요. 세상에, 빗소리를 주문이라고 하는 표현도 처음 보네요.

제1연과 제2연은 구조적으로 볼 때 반복적인 병치의 관계를 맺고 있어요. 제2연은 제1연의 부연에 지나지 않습니다. 즉, 같은 말을 되풀이하고 있다고 보아도 크게 어긋나는 것은 아니에요.

이 시는 김소월의 의도와 상관없이 정신분석학적입니다. 꿈과 환상과 신화의 그림자가 깃들어 있는 시. 하지만, 그가 어찌 정신분석학을 알았을 것인가? 잘 알다시피, 정신분석학적인 문학비평은 크게 두 가지로 나누어집니다. 하나는 콤플렉스와 개인무의식을 중시하는 프로이디안 계열의 심리주의 문학비평이며, 다른 하나는 원형(archtype)과 집단무의식을 강조하는 융기안 계열의 신화·원형(原型) 문학비평입니다. 김소월의 「열락」은 전자보다 후자에 가깝다고 봐요.

이 작품에는 꿈과 환상과 신화와 무관치 않은 시인의 공포의식이 잘 투영되어 있어요. 이것은 죽음에의 원초적인 두려움에 대한 강박관념이기도 합니다. 이부영의 책에서 영감을 얻은 저는, 이 시에서 검은 머리칼 풀어헤친 채 울고 아우성하면서 가는 따님이란 대목에 이르러, 옛 그리스 비극인 이른바 '상복(喪服)이 어울리는 엘렉트라'를 연상할 수 있었습니다. 그리스의 비극에는 주지하듯이 신화의 흔적이 짙게 배어 있지요. 신화란 무엇인가? 이것은 열망·불안·공포 따위가 반영된 욕망의 변형이 아닌가요? 이런 점에서 김소월의 「열락」은 카를 융의 집단무의식 및 원형의 이론과 맞닿아 있다는 느낌을 갖게 하기에 충분합니다.

김소월의 「열락」과 관련해서 또 하나 놓칠 수 없는 게 있답니다. 이 시의 전반에 범람하고 있는 성적(性的)인 분위기 말이에요. 시의 화자는 빗줄기 소리를 두고 흐느껴 비끼는 주문의 소리로 비유합니다. 이 시에서의 '그림자 검은 (개)버드나무'는 여성적인 특징의 이미지를 지니고 있어요. 그 주문의 소리는 남녀가 성교할 때 내는 여성의 신음소리라고나 할까요?

버드나무가 빗줄기를 잠결에 걸어두고 유령과 성관계를 맺는다?

어디 말이나 될 법한 얘기인가요? 윌리엄 제임스가 처음으로 이름을 붙인 소위 '의식의 흐름'처럼 논리적인 인과 관계를 해체한 일종의 몽유 현상이라고 보면 되겠어요. 이 시의 제목이 왜 '열락'인가? 열락이란, 다름이 아니라 성적인 오르가즘인 것. 에로스적인 삶의 충동과 타나토스적인 죽음의 충동이 결합된 개념인 것. 그리하여 빗줄기 소리는 주문의 소리이면서, 또 딱따구리가 쪼는 소리이기도 합니다. 이것은 다름 아니라 '흑혈의 바다'니 '고목 동굴'이니 하는 상징적인 의미의 여성기에 삽입하는 소리이기도 해요. 시의 화자에게 있어서의 그 몽유 현상은 성몽(性夢)의 체험에서 비롯하는 것이 아닌가, 해요.

그날이 오면

심훈

그날이 오면 그날이 오며는
삼각산이 일어나 더덩실 춤이라도 추고
한강물이 뒤집혀 용솟음칠 그 날이,
이 목숨이 끊기기 전에 와 주기만 할 양이면,
나는 밤하늘에 나는 까마귀와 같이
종로의 인경을 머리로 들이받아 울리오리다.
두개골은 깨어져 산산조각이 나도
기뻐서 죽사오매 오히려 무슨 한이 남으오리까.

그날이 와서 오오 그날이 와서
육조 앞 넓은 길을 울며 뛰며 뒹굴어도
그래도 넘치는 기쁨에 가슴이 미어질 듯하거든
드는 칼로 이 몸의 가죽이라도 벗겨서
커다란 북을 만들어 들쳐 메고는
여러분의 행렬에 앞장을 서오리라.
우렁찬 그 소리를 한 번이라도 듣기만 하면
그 자리에 거꾸러져도 눈을 감겠소이다.

* 삼각산 : 서울의 북한산.
* 인경 : 여기에서는 종각의 큰 종을 가리킨다.
* 육조 : 조선시대에 중앙 행정 관서가 있던 일제강점기의 빈자리.
* 미어질 : 가득 차서 터질.

　저는 일제강점기의 다양한 장르의 작가인 심훈을 생각할 때마다 아쉬움을 금치 못합니다. 그는 신문기자로서 영화인으로서 사회 활동도 했거니와, 민족 저항의 시인이며, 초창기 영화사의 시나리오 작가이며, 우리가 잘 알고 있듯이 「상록수」를 쓴 민중 계몽의 소설가로서도 큰 족적을 남겼습니다. 또는 잘 생긴 얼굴 때문에 영화에도 출연한 그였습니다. 영화 「장한몽」에서 남자 주인공 이수일 역을 맡기도 했지요. 다방면의 재주를 지녔던 그는 1936년 한창 일할 나이인 35세에 운명함으로써 끝내 그토록 열망하던 '그날'을 생전에 경험하지 못하였습니다.

　이 시는 3·1운동에 참여했다가 4개월의 옥살이를 한 그가 11년 전 3·1 운동을 회상하면서 민족 해방을 강렬히 소망하는 뜻으로 썼던 저항의 시입니다. 이 시의 창작 시기는 1930년 3월 1일입니다. 그러나 이 시는 유고집인 『그날이 오면』(1949)이 해방 후에야 간행됨으로써 비로소 세상에 알려지게 되었어요.

　격정의 소용돌이가 일렁이는 이 위대한 저항의 시심은 드높은 직정(直情) 미학의 파고(波高)가 아닐까요? 육체의 파괴라는 극한을 통해 영적인 환각의 강렬성을 드러낸 매우 이례적인 작품이에요. 광복이 된다면 그는 기뻐서 죽어도 여한이 없다고 했지요. 두개골이 깨어지고 몸의 가죽이 벗겨져도 좋다는 그의 과장적인 표현도 차라리 애국주의적 정열의 소산이기에 엄숙하기까지 해요. 그건 살신성인을 뜻하고 있기 때문이죠.

　여러분의 행렬에 앞장서겠다는 그.

　이 '여러분'은 누구일까요? 광복을 축하하는 시가 행렬에 참여할 미래의 사람들을 극화한 가상의 군중들입니다. 그는 아쉽게도 이 여러분을 결국 만나지 못하고 젊은 날에 세상을 뜨고 말았습니다. 젊어서 죽었기에, 결국 희원이 이루어지지 않았던 거지요. 또 한 사람의 이육사요, 윤동주인 경우입니다.

바우라(C. M. Bowra)라고 하는 이는 자신의 저서 『시와 정치(Poetry and Politics)』를 통해 이 시를 가리켜, 감격적인 미래가 환기하는 자극적이며 숭고한 기분, 감성적 오류의 기분 좋은 변형, 견딜 수 없을 만치 환희와 황홀의 순간을 포착한, 일종의 유머러스한 과장 등의 표현을 사용한 바 있었습니다. 최근에 작고한 김윤식(1984)도 이 시를 두고, 오래 전에 물리적인 환경의 인격화와 육체 파괴의 환각에서 연유된 자기학대적인 황홀경이란 견해를 밝힌 바 있었지요. 이 시에서 재미있는 표현이 있네요. 기쁨에 가슴이 미어지다. 일반적으로는 슬픔에 가슴이 미어지거든요. 기쁨에 가슴이 미어진다는 것은 기쁨이 가슴에 가득 차서 터질 것 같다는 얘기입니다. 최고조에 이른 만족감의 표현이에요.

1936년 8월이었죠.

심훈은 마라토너 손기정이 베를린 올림픽에서 마라톤을 제패했다는 소식을 듣자 세계를 향해 '이제도 너희는 우리를 (두고) 약한 족속이라고 부를 터이냐?'라고 하는 요지의 감격의 축시(祝詩)인 「오오, 조선의 남아(男兒)여!」를 씁니다. 자신이 죽기 직전의 일이었지요. 이 시는 여러 장르를 두루 섭렵한 그의 문학의 장엄한 피날레였습니다.

마지막으로 한 마디 덧붙일게요.

심훈의 소설 「상록수」는 신상옥 감독의 영화로 만들어지고, 또 이 영화를 본 대통령 박정희는 이로부터 조국 근대화의 영감을 얻습니다. 문학이 영화에, 또 영화가 정치에 영향을 끼친 보기 드문 사례라고 하겠어요.

꽃나무

이상

　벌판한복판에 꽃나무하나가있소. 근처에는 꽃나무가 하나도없소. 꽃나무는 제가생각하는 열심으로 생각하는 것처럼 열심으로 꽃을 피워가지고 섰소. 꽃나무는 제가생각하는 꽃나무에게갈수없소. 나는 막달아났소. 한꽃나무를위하여 그러는것처럼 나는참그런이상스런흉내를 내었소.

---

* 열심으로 : 정성을 다하는 마음으로. 열심히.

이 이상한 시는 이상이 1933년 7월 『카톨릭청년』지에 발표한 시입니다. 마침표가 두 개뿐인 여섯 문장의 산문시예요. 저는 문장마다 마침표를 복원해 표기해 보았습니다. 이 꽃나무는 일반의 상식으로부터 벗어난 제재예요. 참으로 예사롭지 않는 꽃나무네요. 꽃나무 자체에 인간적인 감정과 의지가 제 마음대로, 제 멋대로 개입되어 있기 때문이지요.

이 시는 초현실주의 시가 갖고 있는 여러 특징들을 거의 다 구비하고 있습니다. 초현실이란, 일상의 지각이나 의식이 소멸된 영적인 매개의 상태를 의미합니다. 꽃나무는 자연계에 존재하는 현실의 꽃나무가 아니라, 인위적인 환각 속에서 심취된 무의식의 꽃나무예요. 여기에 이성이 배제된 본성에의 충동은 필연적이구요.

초현실주의 시의 기술(記述) 방법론은 자동기술법(automatism)과 이른바 '분열과 재통합의 원리'로 요약됩니다. 자동기술법은 서로 무관한 이미지들이 무의식적이고 무질서하게 나열된 상상적인 기록의 자유를 지향하려고 해요. 모든 게 제 마음대로 생겨나구요, 제 멋대로 사라집니다. 비논리적이고 초시간적인 인과관계는 통상의 관념을 훨씬 뛰어넘습니다.

이 시는 지나치게 몽환적입니다. 화자는 꿈속에서 노니는 사람 같아요. 환각 체험을 반영한 자아의 분열상은 여기에서 실재의 꽃나무와 '제가 생각하는' 꽃나무로서, 나타나고 있습니다. 그의 유명한 소설인 「날개」에서는 '두 개의 태양'처럼 참된 자기와 거짓된 자기가 서로 대립해 충돌을 일으키고 있는 자아의 이중성을 비유하는 것 같습니다. 그러나 분열된 자아 못지않게 재통합의 원리도 놓쳐선 안 됩니다. 이 원리가 '이상스러운흉내'로 표현된 것이 아닐까요? 시인은 여기에서 성행위를 염두에 두었는지 모릅니다. 그의 작품 속에는 여기저기 성적 판타지가 넘쳐나고 있어요.

　문학평론가 김주연(金柱演)은 일찍이 「안주와 도주」(1981)라는 비평문을 통해 이 이상의 이상한 꽃나무를 두고, '꽃나무로 표상된 세계 불화와 그것이 시인에게 가하는 강박'이라고 지적한 바 있었습니다. 탁월한 분석의 결과예요. 세계와의 불화는 탈서정적인 것을 초래합니다. 이 시가 서정적인 문법으로부터 극단적으로 이탈한 산문시인 까닭도 여기에 있겠지요.
　이상은 결국 꽃나무를 피운다는 소위 유사 성행위를 통해 탈주의 공간을 마련하려고 했을까요?

절정

이육사

매운 계절의 채찍에 갈겨
마침내 북방으로 휩쓸려 오다.

하늘도 그만 지쳐 끝난 고원(高原)
서릿발 칼날진 그 위에 서다.

어데다 무릎을 꿇어야 하나
한 발 재겨디딜 곳조차 없다.

이러매 눈 감아 생각해 볼 밖에
겨울은 강철로 된 무지갠가 보다.

* 칼날진 : 칼날과 같은 성질이나 상황이 된.
* 재겨디딜 : 이희승의 『국어대사전』(1995)을 참고하자면, '발끝이나 발뒤꿈치만으로 땅을 디디
  다.'의 뜻을 가리킨다.

이 시는 기승전결 식으로 구성된 것이 아니라고 전 보아요. 기승전결이 AABA형이라면, 이 시는 AAAB형이라 할 수 있어요. 이 시의 세 번째 연은 반전이 아니라 점층적인 인상의 심화 단계로 보입니다. 북방, 고원, 서릿발 칼날진 위. 이 나열된 단어들은 사실상 같은 장소성을 가진 지점이지요. 이 지점은 세 가지 단계를 나타납니다. 이와 같은 단계를 거친 이후에 제3연에 이르러서야, 화자는 극지(極地)에 이릅니다. 또한, 이 극지는 시의 제목이기도 한 소위 '절정'에 달한 한계상황이요, 화자의 실존을 위협하는 극한상황이에요.

이 시의 마지막 연은 극지를 초극하려는 시인 화자의 정신세계를 잘 반영하고 있습니다. 그 눈을 감는 행위에는 외적 상황과의 단절을 통해 몰두하는 내적 관조가 암시되어 있기도 합니다. 화자는 문득 눈을 감음으로써 무지개를 환각할 수 있었던 것이지요. 시 전문을 볼 때, 마지막 행에 해당하는 '겨울은 강철로 된 무지갠가 보다'는 한국 시사의 보기 드문 경인구입니다. 경인구는 글자 그대로 남(독자)을 놀라게 하는 빼어난 시구, 혹은 상식의 허를 찌른 묘미의 시구인 것이죠. 그런 만큼 해석도 다양하지요. 수많은 논자들이 이에 관해 해석을 가했는데 다음의 네 가지 사례를 들어 봅니다.

차가운 비정(非情)과 날카로운 결의를 내포한 황홀 (김종길 : 1974)

번민으로부터 자유로울 수 있는 정신의 경지 (김흥규 : 1980)

비극적 삶의 인식과 초월 (오세영 : 1981)

환각을 실재화하려는 차가운 의지와, 상상력 속의 비장한 신념 (송희복 : 1988)

이 네 가지 비평적인 견해는, 사실상 크게 차이가 드러나지 않는다고 보아야 하겠습니다. 그도 그럴 것이, 황홀이니 자유정신이니 비극의 초월이니 하는 것은 강철로 굳게 단련된 칼날 같은 현실 속에서, 시대의 현실로부터 인내와 의지와 신념 등과 같은 강렬한 내면의 빛이 얼비치는 가운데 생겨나는 반사의 무지개를 엿볼 수 있기 때문이겠죠.

어쨌든, 이 시는 냉혹한 민족 현실을 인식한 최고조의 비판정신을 내포한 초인적인 인내와 절제의 언어로 이루어져 있습니다. 여기에서, 화해를 거부하는 죽음의 긴장감마저 느끼게 하는 진정한 도덕적 엄숙주의, 경건한 구도적 삶의 절정을, 우리는 감동적으로 확인할 수 있겠지요. 선비된 자의 오상고절(傲霜孤節), 전통적인 지사 시인의 맥을 이은 서릿발의 기상 내지 사상이 아닐 수 없습니다.

마침내, 이육사는 망명지이자 절명지인 북방에서 자기희생의 아름다운 꽃으로 산화합니다. 그는 머나먼 이역에서 일경에게 체포되어 조국 광복의 제단에 자신의 한 목숨을 아낌없이 바칩니다. 그가 비록 시인이 아니라 투사로서 죽었지만, 어쨌든 간에 그의 죽음은 '문자인야(文者人也)', 즉 그 글의 격조가 바로 그 사람됨이라는 전통적 문사관에서 볼 때 한편으로 올곧고 장엄한 것이었습니다. 그가 시편 「절정」에서 보여준 저 강철로 된 무지개의 겨울. 절명시를 남기는 가운데 의연히 죽은 성삼문이나 황현 등의 조선의 선비들이 보여준 꿋꿋한 소망의 한 극점을, 그에게서도 보게 됩니다.

꽃

이육사

동방은 하늘도 다 끝나고
비 한 방울 내리잖은 그때에도
오히려 꽃은 빨갛게 피지 않는가
내 목숨을 꾸며 쉬임 없는 날이여

북쪽 툰트라에도 찬 새벽은
눈 속 깊이 꽃 맹아리가 옴자거려
제비떼 까맣게 날아오길 기다리나니
마침내 저버리지 못할 약속이여

한바다 복판 용솟음치는 곳
바람결 따라 타오르는 꽃 성에는
나비처럼 취하는 회상의 무리들아
오늘 내 여기서 너를 불러 보노라

* 쉬임 없는 : 쉬지 않는.
* 툰드라(tundra) : 연중 대부분이 눈과 얼음으로 덮여 있는 동토의 북방 지대.
* 꽃 맹아리 : 꽃눈. 자라서 꽃이나 꽃차례가 될 싹.
* 옴자거려 : 옴작대. 작은 몸을 느리게 자꾸 움직여.
* 꽃 성 : 꽃들이 무리를 이룬 것을 성으로 비유함.

문득 이런 생각이 드는군요. 예술이란, 한편으로 생각하기에 절망과 고통의 한계상황에서 몽환적인 망집, 황홀한 환각을 체험하는 순도 높은 열정이 아닐까요? 저항시인으로 잘 알려진 이육사. 그는 '한 발도 재겨디딜 곳'조차 없는 혹한(酷寒)의 극지에서 호화롭고 다채로운 무지개를 떠올렸습니다.

이번에는 꽃눈이 은밀히 말합니다, 꽃샘추위는 가라고 말입니다. 시인은 꽃눈을 가리켜 '꽃 맹아리'라고 표현했네요. 시인의 개인 방언인지, 안동의 지역 방언인지 잘 모르겠네요. 이 꽃 맹아리를 두고, 한 시인이 언젠가 의견을 붙였지요. 감감한 기억을 되살리면 이렇습니다. 정신이 드러나는 최초의 발아(發芽)요, 영혼의 각성을 재촉하는 심미의 상징이라고 말입니다. 이 견해를 받아들인다면, 이육사의 꽃은 정신적으로 오롯이 현시되는 것이요, 또한 아름다움의 영성이 묻어나는 게 아닐 수 없습니다. 겨울의 극한 속에서도 싹트는 새봄에 대한 기대감은, 메마르고 얼어붙은 땅 위에서도 꽃소식이 기약되는 꽃눈을 바라보는 경이로운 눈길은, 절망과 소망, 환멸과 신념이 교차하는 상황에서 이육사가 도달했던 정신적 경지의 높이를 가리키고 있습니다.

그의 시들 예제 나타나고 있는 '환시 체험(vision quest)'은 이 시 「꽃」에서는 유다르게 꽃의 성(城)으로 현현되고 있네요. 그는 삶의 현장을 늘 습도 없는 척토(瘠土)로 비유했거니와, 그 벌판에서 새싹이 경이롭게 트면서, 도취되는 꽃의 성으로 타오릅니다. 꽃이 무리를 이루어 얼마나 장대해졌기에 성으로 비유했을까요. 이와 비슷한 비유로는, 장대하다기보다 화려하다는 뜻에 더 가까운 '꽃 대궐'이란 표현도 있지 않아요?

꽃은 심원한 실재를 반영한 그리움의 표상이기도 하지요. 오롯하게 서 있는 꽃의 성에 대한 환각은 강철로 된 무지개처럼 차디찬 신념의 결정이 아닐까요? 정지용의 표현을 빌리자면, 겉으로 서늘하기를 바라 마지 않는 시의 위의(威儀), 즉 꿋꿋함이에요. 그런데 말이에요, 이육사 시의 환각과 위의는 따로 분리되지 않고 하나로 조화를 이루면서, 예술가로서 초현실의 차원과, 문사로서의 높은 정신 경지에 도달하게 됩니다.